異世界賢者の転生無双
【～ゲームの知識で異世界最強～】
4
著 進行諸島
Ill. 柴乃櫂人

「ゲオルギス枢機卿が暗殺部隊を送り込んでくるであろうことは先刻承知の上だ」

敵の精鋭暗殺部隊を
瞬時に制圧するエルド。
魔法で陽動――
壊滅させたのち、
最後の一人は自決する余裕すら与えず捕縛。

「襲撃者は全滅だ。
みんな腕を上げたな」

最強の冒険者
『炎槍』
ミーリア
「さすがエルドね……」
「屋根裏の本命に
よく気づきましたね」
精霊弓師
サチリス

「さて――
派手にいくとするか」

今まで大人しくしていたぶん、
存分に暴れさせてもらうとしよう。

CONTENTS

The Invincible Sage in the second world.

The Invincible
Sage in the
second world.

異世界賢者の転生無双

[～ゲームの知識で異世界最強～]

著 進行諸島
Ill. 柴乃櫂人

4

第一章

The Invincible Sage in the second world.

01

「君と組む？　どういうことだ？」

「文字通りの意味だ。仲間として、一緒にゲオルギス枢機卿《すうききょう》を倒さないか？　……人気集めなんかじゃなくて、もっと直接的な方法でな」

俺《おれ》の言葉を聞いて……メイギス伯爵は、驚いた顔をした。

それから……俺に問う。

「それは、ゲオルギス枢機卿を殺すということか？」

「それも選択肢の一つだ。できるなら実行したいが……すぐに、というのは難しいんじゃないか？」

ゲオルギス枢機卿のバックには、『絶望の箱庭』がついている。

暗殺したくても、簡単にやらせてもらえるとは思えない。

「同意見だ。できることなら、刺し違えても殺したい男だが……それができるなら、仲間の誰《だれ》かがとっくにやっている」

「だろうな」

「それが分かっていてなお……君は、ゲオルギス枢機卿を潰《つぶ》せるというのか？」

メイギス伯爵が、訝《いぶか》しげな目で俺を見る。

まあ、ただの冒険者がいきなりこんなことを言ってきたら、怪しく思うのも無理はない。

だが……逆にこのタイミングこそ、信用を得るチャンスだ。

「俺一人でとはいかないが。その手助けはできる。ゲオルギス枢機卿の弱点をつくんだ」

「弱点……？　まさか君は、ゲオルギス枢機卿の弱みを知っているのか？」

「いや、知らない。それはこれから探す」

俺の言葉を聞いて……メイギス伯爵は、拍子抜けしたような顔になった。

それから、諭すように言う。

「馬鹿《ばか》を言うな。弱点が簡単に見つかるなら、とっくに見つけているさ」

……本当にそうだろうか。

目の前にある弱点に、気付いていないだけだと思うのだが。

「まあ、弱点を探してみよう。いくつか、質問に答えてくれるか？」

「……ああ。それでゲオルギス枢機卿の弱点を見つけられるならな」

「助かる。まず最初の質問だが……ゲオルギス枢機卿は、かなりの権力を持った貴族だよな？

昔からそうだったのか？」

ゲオルギス枢機卿がただの貴族なら、ギルドと組んで下位職の迫害を行うことなどできないはずだ。

ギルドに対する影響力を考えると……国内でもかなり大きい貴族で間違いはないだろうな。

問題は、どうやって大貴族になったかだ。

「いや、ゲオルギス枢機卿は、ここ10年くらいで急激に大きくなった貴族だ」

「どうやって大きくなったんだ？」

「それは……恐らく『絶望の箱庭』と組んだからだな」

なるほど。

『絶望の箱庭』か。

だが……。

「『絶望の箱庭』は、表の政治にまでは関《かか》われないはずだ。ゲオルギス枢機卿は表向き、どんな貴族なんだ?」

たとえ『絶望の箱庭』が大きい武力を持っていたところで、それを直接使ってゲオルギス枢機卿を支援したりすれば、あっという間に悪事は発覚してしまう。

『絶望の箱庭』の資産をゲオルギス枢機卿に渡す……などという方法も難しいだろう。
ただの貴族がいきなり、出所の分からない金を持ち始めたら、怪しまれて当然だからな。
表向きはまっとうな方法で、権力を拡大したはずだ。

果たして、それは何なのか。
そう考えていると……メイギス伯爵が口を開いた。

「ゲオルギス枢機卿といえば、治癒薬だな。治癒薬のほとんどを握っているから、教会系の貴族の中では圧倒的に強い」

「治癒薬?」

「怪我人《けが》を癒やす薬だ。だが普通の薬と違って、使った瞬間にすさまじい効果が出る。回復魔法と違って、部位欠損すら直すらしい」

なるほど。

つまり、ポーションのことだな。

「それって、貴重なのか？」

ＢＢＯだとポーションは、そこまで貴重なアイテムでもなかった。

高レベルの狩り場なんかだと、１時間に１００本近く飲むことも珍しくなかったくらいだ。

だが……。

「ああ。凄《すご》く貴重だ。１本につき、最低でも３００万ギール……一部の上級冒険者や、貴族にしか手の出ない代物だ」

そんなに貴重なのか。

……生産量の少ないポーションのほとんどを握っているとなれば、圧倒的な権力を持っているのも納得だな。

ポーションでしか治せないような患者は少なくないだろうし、ポーションの生産を握るということは、そういった人々を全員まとめて人質にとれるのと同じことなのだから。

だが、気になるポイントがある。

「治癒薬のほとんどをゲオルギス枢機卿が握ってるってことは……専売制でも敷いてるのか？」

ポーションは、そんなに製造が難しいものではない。

材料とレシピさえ揃《そろ》っていれば、料理と同じような感覚で作れてしまう。

……それを一人の貴族がほとんど握るとは、一体どういうことなのか。

「いや、専売制はない。我がメイギス伯爵領でも、ごく少数ながら治癒薬を作っている。……大量に作れないのは、ブラドンナ草がないからだ。ブラドンナ草の群生地はほとんど教会に押さえられていて、手に入らない」

ブラドンナ草……ポーションの、最も基本的な材料の一つだな。

確かに、ブラドンナ草なしで作れるポーションは、ほとんどない。

ブラドンナ草を押さえられては、ポーションが作れないのは仕方がないな。


「でも、ゲオルギス枢機卿は作れるんだな？」

「ああ。なんでも、ブラドンナ草を使わずに治癒薬を作る方法を開発したらしいな。年に１０００本近いポーションを生産できるって話だ」

「その年間１０００本の治癒薬が、ゲオルギス枢機卿の力の源って訳か」


「そういうことだ」


なるほど。

……ゲオルギス枢機卿の弱点、見つかったな。

「分かった。じゃあ……例えば1年間に治癒薬を１０００本作れるような、ブラドンナ草の大群生地が他《ほか》に見つかったら……ゲオルギス枢機卿の力は弱まるんじゃないか？」

「そんな群生地は、今までに見つかったことがない」

「仮に存在したらの話だ」

俺の言葉を聞いて、メイギス伯爵は少し考え込んだ。

そして、口を開く。

「……ああ。ゲオルギスのやり方は強引《ごういん》で、敵も多いという話だ。今は治療薬をほぼ独占して、それを盾《たて》に黙らせているが……他の奴《やつ》が治癒薬を大量調達できるようになれば、今のような力は維持できなくなるだろうな」

「なるほど。……もしそんな群生地が、反ゲオルギス派閥の……例えばメイギス伯爵領で見つかれば、反ゲオルギス派は一気に増えるってことか？」

「そんなことがあれば、今までゲオルギスを快く思っていなかった貴族も、大喜びで味方についてくれるだろうな。勝機も見えてくる」

「ほら、ゲオルギスの弱点が見つかったじゃないか」

そう聞いて……メイギス伯爵は、きょとんとした顔になる。

それから、俺に尋ねた。

「まさか、群生地を探すつもりか？　そんな大群生地が簡単に見つかるなら、とっくに見つけている！」

「いや、そんな大きい群生地がないことくらい、俺も分かっている」

そもそもブラドンナ草は、自然に群生するような草ではない。

教会が押さえている群生地とやらも、大した生産量ではないのだろう。

そんなものに興味はない。

「それじゃあ、ゲオルギス枢機卿への対抗手段なんてないじゃないか」

「……違うな。群生地がないのなら、作ればいいだけだ」

「まさか……ブラドンナ草の人工栽培をするつもりか？」

「そうだ」

俺の言葉を聞いて、メイギス伯爵は首を横に振った。

「不可能だ。ブラドンナ草の栽培は、今まで何千人もの研究者が取り組み、全く成果を出せなかった難題だぞ」

「方法が悪かったんだろうな」

ＢＢＯでは、ポーションは貴重品でもなんでもなかった。

それは、ブラドンナ草が豊富に生えていたからではない。

ブラドンナ草が、人工的に大量栽培されていたからだ。

大規模な畑を作れば、ポーションは10万本だろうが、１００万本だろうが、簡単に作れる。

だがブラドンナ草の栽培には、ちょっとしたコツが必要だ。
そのコツを知らなければ、何千回試そうが成功はしない。

しかし、それさえ知っていれば、簡単に作れるのだ。
育つのが早い草なので、生産量も確保しやすい。

だが……メイギス伯爵は、信じられないといった顔をしている。
まあ、信じてもらえないのは仕方がない。

俺だって、冒険者にいきなり『俺は、誰も栽培できなかった超貴重な薬草を栽培できる！』などと言われても、ただのほら吹きだとしか思わないだろうし。
こればかりは、見てもらうのが一番早いだろう。

「栽培には1週間あれば十分だ。畑は、山奥にでも適当に作る。……試してみたいんだが、種をもらえるか？　ポーションを作ったときの余りがあるよな？」

メイギス伯爵は、少しだけ考え込み……頷《うなず》いた。

……だからといって別に、俺がブラドンナ草を栽培できると信じてくれた訳ではないだろう。

ブラドンナ草の種に価値はないし、ダメ元で試させてみよう……程度の認識のはずだ。

今はそれでいい。

栽培したブラドンナ草を持ってくれれば、分かることだ。

「ありがとう。また1週間後に来る」

そう言って俺は、ギルドの応接室を後にした。

さて……楽しい薬草栽培といくか。メイギス伯爵から、ブラドンナ草の種をもらった後、俺は街の市場へと来ていた。

調達する必要があるものがあったのだ。

俺は市場の中を歩いて、目当ての店を探していく。
すると……それっぽい店が見つかった。
豆屋だ。

俺が探しているのは、タイヨウマメという植物の種だ。
それを使うことで、ブラドンナ草が栽培可能になる。

「お兄さん、グラン豆はどうだ？　煮るとうまいぞ！　一袋、たったの３００ギールだ！」

豆屋の店主は、フランクにそう話しかけてくる。
店先には、目当ての品がないようだが……聞いてみるか。

「タイヨウマメはあるか？」

「……タイヨウマメ？」

俺の言葉を聞いて、店主は怪訝《けげん》な顔をした。

それから、聞き返す。

「タイヨウマメって……あのタイヨウマメか？」

「……タイヨウマメって、何種類もあるのか？」

「いや、一種類しかないが……それなら、飼料屋に言ってくれ。ここは人間が食う豆専門でな」

なるほど。

タイヨウマメって、馬の餌《えさ》だったんだな。

確かに、あれを食糧にするって話は聞いたことがなかったきがする。

「いい情報をありがとう。……グラン豆を1袋くれ」

「まいど！」

俺は情報のお礼に豆を一袋買って、豆屋を離れた。
それから俺は、飼料屋へと向かう。

「タイヨウマメはあるか？」

「ああ。何キロ必要だ？」

そう言って飼料屋の店主が、山のように積まれている植物の束を指した。
だが俺が欲しいのは、馬の餌ではない。タイヨウマメの種だ。

「あー……種だけ欲しいんだが、それしかないか？」

「種？　ああ、畑でタイヨウマメを育てるのか？」

「ああ。そんな感じだ」

「それならこいつだ。一袋で３００ギール」

そう言って店主が、種の入った袋を差し出した。

グラン豆と値段は同じだが、袋が随分と大きい。

「……タイヨウマメって、安いんだな」

「あっという間に育つからな。……でも、食うのはおすすめしないぜ」

「そうなのか？」

「ああ。なんとかして食えないかと試行錯誤したんだが……渋くて食えたもんじゃねえ。こんなもんを食わされる馬が可哀想《かわいそう》になるくらいだ」

なるほど、渋いのか。

まあ、食うために買ったわけではないので、問題はないが。

「ありがとう」

「おう、まいど」

そう会話を交わし、俺はタイヨウマメを買って市場を後にした。

◇

「さて……行くか」

タイヨウマメを入手した俺は、森の奥へと入っていく。

ブラドンナ草の、栽培場所を探すためだ。

この世界でブラドンナ草は、極めて貴重な薬草として扱われているらしい。

そんな薬草を分かりやすい場所で栽培したら、あっという間に畑を荒らされてしまうだろう。

それは避けたいからな。

「マジック・サーチ」

森の奥に進むにつれて、だんだんと魔物が増えてきた。

魔物が多い森であればあるほど、畑が見つかる確率は低くなる。

……魔物の多い場所で栽培をする理由は、それだけではないが。


「この辺でいいか」


俺は適当な場所に見つけた平らな場所を、畑にすることにした。

畑といっても、別に区画をきちんと分けた、正式な畑を作るわけではない。

というか、耕すことさえしない。

このやり方だと生産量はあまり多くならないが……とりあえずは、栽培が可能なことだけ証明できれば十分だろう。

正式な大量生産は、メイギス伯爵に協力してもらうつもりだし。


「……さっさと育てよ」

そう呟《つぶや》きながら俺は、タイヨウマメを適当にばらまく。
ブラドンナ草を育てるためには、このタイヨウマメが重要なのだ。

「放水」

タイヨウマメが畑に行き渡ったところで、俺は水属性魔法を使い、畑を水浸しにする。
普通の植物なら、根が腐ってしまうほどの水だが……タイヨウマメはとても頑丈な植物なので、なんとかなってくれる。
それどころか、強力な根によって地中の養分を根こそぎ吸い上げ、他の植物を枯らしてしまうくらいだ。

その性質のおかげで、タイヨウマメは土作りに非常に役に立つ。
さて、次は……。

「マジックタウント、マジックタウント、マジックタウント」

俺は近くにいる魔物たちに挑発魔法を発動する。

すると……5分とせずに、怒り狂った魔物たちがやってきた。

「グルルルル……」

「……ウルフか。まあ、肥料としては十分だな」

現れた魔物は、すべてウルフだった。
どうやらこのあたりの森は、ウルフが多いようだ。

「アイス・ピラー」

俺は現れたウルフを、氷魔法で次々に倒していく。
ウルフは別に強い魔物ではないが……高威力な炎魔法が使えないのは、地味に面倒だな。
だが、せっかく蒔《ま》いたタイヨウマメを燃やしてしまっては台無しなので、ここは地道にいこう。

◇

数分後。
俺は全《すべ》てのウルフを倒し終わっていた。

そして、倒されたウルフ達は……。
バラバラになって、畑に撒《ま》かれている。

明日になれば、タイヨウマメは魔物の血や肉を肥料として、立派に育っていることだろう。
タイヨウマメは、なんでも肥料にするのだ。

「……よし、作業終わり」

次来るときに迷わないよう、近くの木に印をつけて、、俺は畑を後にした。
続きは明日だな。

◇

翌日。

俺は昨日と同じように、森の奥の畑へとやってきていた。

昨日植えたばかりのタイヨウマメは、すでに俺の腰の高さまで育っている。


「……本当に成長が早いな」


タイヨウマメは、成長の早い植物だ。

地中の栄養や水はもちろん、他の植物や地面に落ちた魔物の死体まで、なんでも取り込んでどんどん育つ。

肥料代わりに撒かれていたウルフの死体も、わずかな骨だけを残してタイヨウマメに食い尽くされていた。


こうして育ったタイヨウマメは、普通のタイヨウマメとは少し違った性質を持つ。

魔物を肥料に育ったタイヨウマメには、魔物の血肉に含まれる魔力などが、植物にとって取り込みやすい形で含まれているのだ。

そう考えつつ俺は、タイヨウマメを刈り取り始める。
このタイヨウマメは、肥料になるのだ。

「さて……こんなもんだな」

タイヨウマメを刈り取り、魔法収納にしまい終わった俺は、あたりを見回す。
周囲にも多少の木はあるが……このくらいなら、気をつけて作業すれば山火事はないだろう。

「フレイムサークル」

俺は山火事に気を付けながら、炎魔法を発動した。
先ほどまでタイヨウマメが植えられていた場所は、炎魔法によって焼き尽くされていく。

これも、ブラドンナ草の栽培に必要な作業だ。
ブラドンナ草は基本的に、生命力があまり強い植物ではない。

そのため……タイヨウマメの種が残った場所にブラドンナ草を植えると、タイヨウマメによってブラドンナ草が枯らされ、1本残らず肥料にされてしまう。

だから、タイヨウマメを植えたあとの畑はしっかりと燃やして、タイヨウマメの混入を防ぐのだ。


「さて……こんなもんかな」


炎魔法を使い終わった俺は、もう畑に植物が1本も焼け残っていないのを確認してから、さきほど収穫したタイヨウマメを取り出した。

タイヨウマメに根っこが残っていないのを確認しながら、タイヨウマメを地面に埋めていく。

もし根っこが残っていると、生命力の強いタイヨウマメはすぐに根付き、ブラドンナ草を枯らしてしまう。

そうなったら、最初からやり直した。

そして……俺はようやく、ブラドンナ草の種を取り出した。

ブラドンナ草は、普通の環境で育つことができない植物だ。

魔物の魔力が、取り込みやすい形で存在して初めて、ブラドンナ草は育つことができる。

そういった環境を作る方法はいくつかあるが……一番単純なのは、倒した魔物を放置しておくことだ。

死んだ魔物は、少しずつ周囲に魔力をまき散らしながら消えていく。

撒き散らされる魔力のほとんどは、植物には利用できない魔力だが……周囲の湿度や植生、温度や土の質といった条件が偶然揃うと、植物が使える形で魔力が残ることがある。

ブラドンナ草が自然に生える場所というのは、そういった場所だ。

だが、ただ死んだ魔物を放置しておくだけ……という方法は、かなり偶然に頼っているため、非常に効率が悪い。

そこで、タイヨウマメを使うわけだ。

タイヨウマメは極めて生命力が強く、地面にあるものならなんでも食い尽くしてしまう。

普通の植物には利用できない魔力だろうと、タイヨウマメはお構いなしだ。

そして、タイヨウマメに取り込まれた魔力は、他の植物でも利用できる状態になっている。
特殊な肥料を作るために、タイヨウマメは最適なのだ。

「よーし、大きく育てよ」

俺はタイヨウマメを埋めた畑に、ブラドンナ草の種をまいていく。
あとは3日ほど放っておけば、ブラドンナ草が生えてくるだろう。

◆第二章

――山奥の畑にブラドンナ草を植えてから3日後。
俺《おれ》はブラドンナ草の様子を見るために、ふたたび畑のある場所へと来ていた。

そして、畑に近付くと――あたり一面に、ブラドンナ草が生えているのが目に入った。

「よし、成功だ！」

俺はそう言って、ブラドンナ草を摘み取り始めた。
この量で、だいたいポーション10本分といったところか。

これをメイギス伯爵に見せれば、ブラドンナ草の栽培が可能だと、理解してもらえるだろう。
栽培したブラドンナ草は、何よりも分かりやすい証拠だからな。

◇

ブラドンナ草を収穫してすぐ、俺はメイギス伯爵のもとへと来ていた。

「思ったより早く来たな。まだ1週間は経《た》っていないが……ブラドンナ草を栽培するのはあきらめたのか？」

メイギス伯爵は、俺がブラドンナ草の栽培に成功したとは全く思っていなさそうな顔で出てきた。

そんなメイギス伯爵の前で、俺はブラドンナ草を取り出す。

「いや、ちょっと早めに栽培が終わったんだ」

そう言って俺は、メイギス伯爵にブラドンナ草を突きつけた。

今日の朝に採れたばかりの、新鮮なブラドンナ草だ。

だが、それを見たメイギス伯爵の反応は鈍かった。

「……君を疑いたくはないんだが、そのブラドンナ草はどこかで買ってきたか、自生しているものを採ってきたんじゃないのか？」

「ブラドンナ草って、その辺に自生してるものなのか？」

「ああ。生える場所はある。……わずかな量とはいえ、我が領地でポーションが作れているのは、領地内に自生地があるからだ」

なるほど。

それで反応が鈍かったのか。

「ちなみに自生地からは、どのくらいの量が採れるんだ？」

「我が領地だと、年間5本見つかればいいほうだな。治癒薬を1本作るのには大体50本ほど必要だから、我が領地で見つかったブラドンナ草は乾燥させて保存している」

1年に見つかるブラドンナ草が、よくて5本。

治癒薬を1本作るのに必要なブラドンナ草が、50本。

……領地で見つかる材料で治癒薬を作ろうとしたら、1本あたり10年かかるってことか。

治癒薬の値段が高いのも納得だな。

そう考えつつ俺は魔法収納に両手を突っ込み、栽培したブラドンナ草を100本ほどまとめて取り出す。

「じゃあ、こんな量が自生してることはないよな？」

俺が森の中で栽培したブラドンナ草は、だいたい1000本といったところだ。

ブラドンナ草は、とても小さい種を大量につける植物なので、ちゃんと育ててやりさえすれば大量生産が可能なのだ。

「……は？」

「全《すべ》て、ブラドンナ草だ。確認してくれ」

俺はそう告げながら、どんどんブラドンナ草を収納魔法から取り出し、机に積み上げていく。

「な、なんだこの量は……⁉　どこで手に入れた⁉」

「さっき言った通り、もらった種から栽培したんだ。こんな量が自生してる訳ないよな？」

「この量の自生は、絶対にあり得ない。……まさか、本当に成功したのか……⁉」

そう言ってメイギス伯爵は、呆然《ぼうぜん》とブラドンナ草を眺めたり、鼻を近付けて匂《にお》いをかいだりする。

それから……メイギス伯爵が、俺に向かって勢いよく頭を下げた。

「疑ってすまなかった。これだけ大量のブラドンナ草があれば、治癒薬が20本は作れる。……治癒薬の世界に革命が起こるぞ！」

どうやら、栽培の成功を認めてくれたようだ。

この世界だと、このブラドンナ草栽培法は革命的だ。

なにしろ、今まで作るのに10年以上かかっていた治癒薬が、5日にも満たない栽培期間で20本も作れてしまうのだから。

「ああ。……確かに、これは治癒薬の世界の革命だ。……でもこの革命を、治癒薬の世界だけで終わらせる訳にはいかないよな？」

これはまだ、ブラドンナ草の栽培が成功したというだけだ。

ブラドンナ草があれば治癒薬は作れるが……俺達の目的は、治癒薬を作ることではない。

大量生産した治癒薬を市場に流し、ゲオルギス枢機卿《すうききょう》の財力、政治力の基盤を破壊する。

それが、俺達の目的なのだから。

「ここからは、メイギス伯爵の出番だ」

「分かった。……これを量産して薬を作り、市場に流せばいいんだよな？」

「ああ。治癒薬の独占を崩せれば、ゲオルギス枢機卿の力をかなり削げるはずだ。ということは、当然抵抗も考えられる。……覚悟はいいか？」


俺達はゲオルギス枢機卿の力を削ぐために、治癒薬を量産しようとしている。

この計画が成功すれば、ゲオルギス枢機卿の権力は、かなり削れることだろう。


だが、そんなことをゲオルギス枢機卿や、その裏についている『絶望の箱庭』が指をくわえて見ている訳もない。

嫌がらせ、営業妨害から暗殺まで、あらゆる手段で抵抗してくるはずだ。

そうなると、メイギス伯爵の命も危ない。


「覚悟なら、とっくにできている。元々私は、反ゲオルギス派の象徴として命を捨てるつもりだったのだからな。……生きのびられる可能性があるだけ、だいぶマシというものだ」


どうやら、愚問だったようだな。

死ぬ覚悟は、とっくにできていたようだ。

まあ、メイギス伯爵を敵に殺させる気など、さらさらないのだが。

「今回のブラドンナ草栽培に関しては、私が全面的に矢面《やおもて》に立つ。……栽培のやり方を教えてくれ」

「分かった。まずは、タイヨウマメを用意して……」

こうして俺はメイギス伯爵に、ブラドンナ草の栽培方法を説明し始めた。

◇

メイギス伯爵にブラドンナ草の栽培法を教えて、1週間後。

俺はメイギス伯爵領のはずれにある森の一角へと来ていた。

「ずいぶんと大規模になったな……」

そう言って俺は、高い塀を見上げる。

この塀は、ブラドンナ草の栽培および加工をするために作られた、機密保持のための壁だ。

その名も『メイギス治癒薬製作所』。

栽培とポーション作りは、全てこの塀の中で行う。

「ああ。このくらいの規模がなければ、ゲオルギスの力を効果的に削げないだろう?」

「ゲオルギス枢機卿は、1年間に何本の治癒薬を作るんだ?」

「だいたい1000本ってとこだな」

「……この規模だと、その10倍はできるな」

この規模で製作所を作ることに決めたのは、メイギス伯爵だ。

機密保持のために、塀で囲った製作所を作るとは聞いていたが……これはあまりにもでかすぎる。

製作所を囲う壁は、見渡す限り続いている。

恐らく、面積は俺が実験用に作った畑の10倍はあるだろう。

実験用の畑も、それなりに広かったはずなのだが……。

このうち半分をブラドンナ草栽培に使うとしても、3日ほどの収穫サイクルで、5000本のブラドンナ草が採れ、100本の治癒薬が作れることになる。

1年間で計算すると、およそ12000本。

「これ、どのくらいを使うつもりなんだ？　余裕を持って囲いを作ったんだよな？」

「いや……目一杯使う。面積の5割がブラドンナ草、3割がタイヨウマメ、残りの2割が加工用スペースだ」

……このスペース、全部使うのか……。

確かに、ポーションを大量に作ることは、ゲオルギス枢機卿の力を効果的に削ぐことにつながる。

だが……ここまでの量となると、別の問題が出てくる。

これだけの生産量を支えようとすると、肥料に使う魔物も大量に必要だし、収穫や薬作りにも多くの人手が必要になる。

人手が増えるということは、それだけ機密も漏《も》れやすくなるということだ。

信用できる人材を大勢用意するのは、簡単なことではない。

「そんなに大きくして、機密は大丈夫なのか？」

「大丈夫だ。信頼できる人材なら、必要なだけ用意できる」

「……奴隷でも使うのか？」

この世界には、まだ奴隷制度がある。

だが、別に奴隷だからといって、信用できるとは限らない。

「いや、下位職達だよ。この呼び方はあまり好きではないがね。……彼らは、私にかなりの忠誠を誓ってくれている。その中でも信用できる者たちに、この仕事を任せようと思う」

なるほど。

メイギス伯爵がやってきたことが、ここで役に立つわけか。

この世界では、下位職たちは不遇な扱いを受けている。

冒険者ギルドのランクは上がりにくいし、戦闘が関係ない職業でも差別を受ける。手柄を横取りされることだってある。

だが、メイギス伯爵領では下位職をまともに扱う。

そのため、この領地には多くの下位職がいるし、彼らはメイギス伯爵に感謝しているのだ。

メイギス伯爵が頼めば、彼らは喜んで仕事を引き受けてくれるだろう。

もちろん、ちゃんとした報酬を出すことが前提だが。

この領地を追い出されれば行く場所がないので、機密を漏らすこともないだろうしな。

「分かった。……だが畑を大きくして出る問題は、もう一つある」

「……どんな問題だ？」

「俺達は、魔物を食わせたタイヨウマメに含まれる、特殊な魔力を使ってブラドンナ草を育てるわけだが……その魔力を好むのは、ブラドンナ草だけじゃないんだ」

「魔力を好むっていうと……魔物が出るのか？」

「ああ。ブラドンナ草を栽培すると、周囲では魔物が増えるんだ」

ブラドンナ草の栽培で発生する特殊な魔力は、魔物を呼びよせる。

しかもタイヨウマメの魔力は、風に乗って遠くまで届くらしく、かなり遠くからも魔物を呼びよせることがあるのだ。

「増える魔物は、どのくらいの強さだ？」

「基本的には、普通の魔物ばかりだな。地形にもよるが、普段の3倍くらい集まるはずだ」

ブラドンナ草畑が大きくなると、魔物を引きつける力も上がる。

ＢＢＯではこの性質を利用して、あえてブラドンナ草の大栽培地を作ることによって、珍しいボス魔物を呼びよせたなんて話もある。

珍しいボス魔物はいい素材を落とすことが多いので、ドロップ狙《ねら》いの狩りに向いているのだ。

……まあ、強い魔物が来る可能性が低すぎて、ブラドンナ草でボスを引き寄せる方法はあまり実用的とは言えなかったのだが。

今回の畑の規模でも、せいぜい１％あるかどうかといったところだな。

「数が増えるだけなら、冒険者たちを呼び込めばなんとかなりそうだな。冒険者ギルドに頼んで、高めの報酬で依頼を出しておこう」

「ああ。……ボス魔物が出なければ、なんとかなりそうだな」

「……ブラドンナ草畑は、ボス魔物まで引き寄せるのか？」

メイギス伯爵が、少し不安そうな顔をした。

それから、下を向いて考え込み始める。

畑の規模を小さくすべきかどうか、考えているのだろう。

「ボスも引き寄せる。強いボスが来る可能性は低いが……キングオーガ級の魔物が来る可能性も、ない訳じゃない。……まあ、確率は１％あるかないかだけどな」

「その言い方だと……最悪の場合でも、キングオーガ級の魔物しか来ないってことか？」

「ああ。それ以上の魔物が来たってことは、聞いたことがないな」

それを聞いて、メイギス伯爵は顔を上げた。

その表情は明るい。

「それなら大丈夫そうだな。今この町には、エンペラーオーガすら討伐《とうばつ》する、最強の魔法使いがいるからな」

そう言ってメイギス伯爵が、俺の目を見る。

……もし来たら、倒せってことか。

「護衛依頼な」

「ああ。もちろん報酬は毎日出すから、安心してくれ。普通の冒険者でも倒せる魔物は倒さなくていい」

すごく楽な依頼がきた。

それって実質、ただ座ってるだけの依頼じゃないか。

ボス級の魔物なんて、ほぼ来ないと言っていいくらいだし。

とはいえ……。

「……だが、俺がずっと見張り続ける訳にもいかないぞ？」

強い魔物が来た時に倒すだけならいい。

だが、ずっと魔物が来ないか見張っているとなると、話は別だ。

流石《さすが》に面倒くさすぎる。

「見張りは別に冒険者を雇う。やばそうな魔物が来た時に知らせるから、その時に倒してくればいい。町の近くにいれば分かるような方法で伝える」

うん。

断る理由がないな。

あまり遠くへは離れられなくなるが、元々離れるつもりもないし。

「分かった。依頼を受けよう」

こうしてメイギス伯爵は大量のブラドンナ草を栽培することになり、俺はとても割のいい……というか、何もしないでいい依頼を入手したのだった。

とはいえ、依頼として受けた以上は、ちゃんとボスが来た時に備えて、準備はしておくか。

どうせ来ないボスに備えるのも馬鹿馬鹿《ばかばか》しいが、どうせ後でやることだしな。

◇

翌朝。

俺は町外れの、森の中へと来ていた。

わざわざ森に来た理由は、魔法を強化するためだ。


魔法を強化するためには『英知の薬』という薬を飲む必要がある。

その材料になるのが、この前入手した『英知の石』だ。

粉々に砕いた『英知の石』と、すりつぶした薬草を混ぜることで、魔法を強化することができる。


「……こんな感じか？」


そう言って俺は、砕いた『英知の石』と、すりつぶしたブラドンナ草のペーストを混ぜていく。

ちなみにブラドンナ草は、この間栽培したものの残りだ。

薬草はなんでもよかったはずだが、ＢＢＯではいつもブラドンナ草を使っていたので、今回もそうすることにした。

しかし……。

「……これを飲むのか？」

できあがった『英知の薬』を見て、俺はそう呟《つぶや》く。
青汁を濃縮したようなブラドンナ草のペーストと、濁った赤色をした『英知の石』。
この2つを混ぜて作った『英知の薬』が、人が飲むようなものだとは思えなかった。

飲む前から分かる。
この薬は、絶対にまずい。

とはいえ……。

「飲まない訳にもいかないか」
いま俺は、2つの『英知の石』を持っている。
そのうち今日使うのは、1つだ。

状況によって上げるべきスキルは違うので、1つは温存しておきたいからな。

そして、今日飲む英知の石で上げるスキルは、すでに決めている。

『スチーム・エクスプロージョン』という、賢者の上位スキルだ。

習得レベルが高めのため、最近になってようやく使えるようになった。

2つしかない『英知の石』を使ってまで上げるのは、このスキルが圧倒的に強いからだ。

普通に使っても強いし、緊急時なども役に立つ。


……スキルを上げる前に、試しに一度使っておくか。

「スチーム・エクスプロージョン」

俺がそう唱えた瞬間――甲高《かんだか》い爆発音《ばくはつ》とともに、近くの木々が吹き飛んだ。
爆発場所のすぐ近くにあった木はへし折れ、小さな枝が粉々になっている。

「……レベル1でも、十分強いな」

この魔法が強い理由。

それは火属性攻撃魔法が持つ魔力効率の高さと、爆発系魔法の使い勝手を兼ね備えているからだ。


『スチーム・エクスプロージョン』の魔力消費は、決して低くないが……威力が高いため、この魔法の魔力効率は『フレイム・サークル』と同程度だ。

しかし『フレイム・サークル』は発動時間が長いため、その威力を全て発揮するためには、敵をその場に縛り付ける必要がある。

さらに延焼などの危険もあるので、『フレイム・サークル』は、かなり上級者向けの魔法だ。


魔力効率のいい魔法は基本的に、何かしらのデメリットを背負っている。

それは攻撃範囲の狭さだったり、威力を発揮する難しさだったり、発動の速さだったりする。

だが……この『スチーム・エクスプロージョン』は、そういったデメリットが存在しない。

攻撃範囲は広いし、威力の発動は一瞬だし、ただ唱えるだけで敵の目の前で爆発が起こる。

まさに、反則魔法だ。

しかし……。

「やっぱり、見劣りするか」

いま発動した『スチーム・エクスプロージョン』は、ＢＢＯで俺が使っていた魔法に比べると、かなり見劣りする。

それは、スキルレベルが低いからだ。

ＢＢＯは、スキルレベルの差が非常に重いゲームだった。

スキルレベルが１つ変わるだけで、魔法の使い勝手は別物のように変わる。

その代わり、スキルを１つ上げるのにレアアイテムが必要になるのだが。

……今の魔法を見て、覚悟が決まった。

やはり俺には『スチーム・エクスプロージョンＵ』が必要だ。

「よし……いくぞ」

俺は覚悟を決め、『英知の薬』を飲み干した。

「……苦いな……」

薬を口に入れると同時に、なんともいえない苦みが口の中に広がった。

だが、思っていたよりはまだマシだった。

飲み込めないレベルだと思っていたが……なんというか、普通にまずいだけだ。

そして薬を飲み干すのとほぼ同時に、体の中が熱くなるような感覚があった。

これで、スキルレベルが上がったということだろうか。

「スチーム・エクスプロージョン」

俺は威力チェックのため、再度スチーム・エクスプロージョンを唱えた。

次の瞬間——先ほどとは比べものにならない轟音《ごうおん》が、俺を襲った。

発動場所のすぐ近くにあった木々はもちろん、そこそこ離れた場所にあった木も根こそぎへし折られ、吹き飛ばされていく。

「……レベル一つで、ここまで違うのか……」

あまりの威力の変わりようを見て、俺はそう呟いた。

ＢＢＯでの俺は、ほぼ全てのスキルがレベルマックスだったため、スキルを上げたのは久しぶりだ。

レベル１からレベル２に上げただけで『スチーム・エクスプロージョン』は、もはや別物になった。

スキルコンボなどでちまちま倒していた死の森の魔物たちも、今なら……この魔法を唱えるだけで倒せてしまう。

『スチーム・エクスプロージョン』のレベルを上げたのは、間違いではなかったようだ。

このスキルなら、いざという時には、素晴らしく役に立ってくれるだろう。

第三章

The Invincible Sage in the second world.

03

5日後。

俺《おれ》は監督役として、ブラドンナ草畑にいた。
元々は護衛だけの予定だったのだが、あまりにも暇なので、監督役もついでに引き受けたのだ。
ブラドンナ草の栽培法を一番詳しく知っているのは俺なので、最初は俺が教えたほうがいいということもある。

「収穫量は予定通りだ。うまくいったぞ!」

俺にそう報告したのは、この栽培所の管理人を務めているサイビンだ。
職業は、格闘系上位職の『グラップラー』だが……ここに来る前はその身体能力を生かして、農民をやっていた男だ。

「分かった。……やっぱりブラドンナ草は、成長が早いな」

ブラドンナ草は成長が早いだけあって、もう最初に栽培を始めた畑が、収穫の時期を迎えていた。

収穫量も、事前に立てた予定の通り……つまり、メイギス伯爵が作った巨大な畑の面積に見合った、膨大な量だ。

今日の収穫ぶんだけで、ブラドンナ草が２０００本……つまり、治癒薬が40本も作れる。

「ああ。ブラドンナ草を栽培すると言われた時には、無理難題だと思ったが……こんなに楽な作物は、初めて育てるぜ」

そう言って笑みを浮かべるサイビンの目の下には、濃いクマがあった。

ブラドンナ草は育つのが早い植物だが、簡単な作物という訳でもない。

上手《じょうず》に育てた場合と下手《へた》に育てた場合では、収穫量が倍近く変わってくる。

収穫量を上げようと思えば、手間もかかる。

メイギス伯爵も人集めを頑張っているが、信用できる人物だけを集めなければいけない関係上、必要な人員が用意されるには時間がかかる。

本人が依頼を引き受けてくれたとしても、住民たちにもそれぞれの生活があるため、その日のうちに参加という訳にはいかないのだ。

命令すれば、無理をしてでも来てくれるだろうが……そういうことをしないのが、メイギス伯爵の人望が厚い理由だろう。


そのため、今この畑にいる人手は、予定の半分くらいだ。

この量を収穫できるようになるには、1ヶ月くらいはかかると思っていたのだが……予想に反して、ブラドンナ草の収穫量は最初から、畑の広さの限界に近いところまできていた。

その収穫量を支えたのが、このサイビンだ。


「いや……結構ハードだっただろ？　ほとんど休んでないじゃないか」


ここ数日間、サイビンが寝たり休んだりしているところを見た覚えがない。

1日中、畑に目を光らせては、生えてくる雑草を抜いたり、タイヨウマメが均一に育つように肥料として使う魔物の量を調整したり、畑の水分量を微調整したりしていたのだ。

畑をどんな状態に保てば収穫量が増えるかは、俺が説明したのだが……まさか今の畑の人数で、それを完璧《かんぺき》に維持してくるとは思わなかった。

「……メイギス伯爵にいただいた任務、俺の命に代えてでも果たしてみせる」

目の下にクマを浮かべながら、サイビンはそう呟《つぶや》いた。

サイビンは、この秘密農地の最初の管理者に指定されるだけあって、メイギス伯爵領の住民の中でも特に忠誠心が強い。

サイビンは元々、冒険者をやっていたのだが、強い魔物に出会った時にパーティーに見捨てられて怪我《けが》を負ったせいで戦えなくなったらしい。

ひどい話だが、下級職の場合そういうケースは珍しくないようだ。

下級職が相手だと、『ノロマな下級職だからやられた。俺達は悪くない』という言い訳が立ちやすい……ということらしい。

収入源を失い、餓死《がし》寸前だったところをメイギス伯爵に助けられ、この領地で畑をもらった……というのが、サイビンが農民をやっている理由だ。

そのため、この領地にいる下級職の中でも忠誠心は特に強い、ということのようだ。

だが……。


「とりあえず寝ろ。このままだと倒れるぞ」


そう言って俺は、秘密農地の隅に作られた小屋を指す。

この秘密農地を隠すためにはいくつもの対策が施されているが……その一つが、あの小屋だ。

秘密農地には、食事場所や宿舎などの生活空間が用意されており、泊まり込みでの作業ができるようになってくる。

そのため、秘密農地と街を往復する必要がなく、秘密農地の存在がバレる可能性は低くなる。


だが……サイビンがその生活空間を使ったのは、タイヨウマメの準備ができて、ブラドンナ草の畑が稼働を始める前……つまり、最初の2日だけだ。

ブラドンナ草を畑に植えてからは、サイビンは文字通り休みなく働いている。

「俺の命は、メイギス伯爵に救っていただいたものだ。……あの方のためにこの命を使えるなら、惜しくはない」

そう言ってサイビンが、ふらふらと畑のほうに向かっていき……ブラドンナ草の畑に芽吹いたタイヨウマメを、根っこごと引き抜いた。

タイヨウマメは生命力が強いため、ブラドンナ畑に飛んでいった種が芽吹くと、周囲のブラドンナ草を駆逐してしまうのだ。

確かに、大事な役目ではあるのだが……。

「サイビン、お前がメイギス伯爵にもらった役目はなんだ？」

「……この畑を管理して、ブラドンナ草を大量に栽培することだ」

「任期は？」

「まずは1年。だが状況次第では、もっと長くなると言われている」

うん。

よく分かってるみたいじゃないか。

「そうだ。お前の役目は1年かけて、ブラドンナ草を大量に作ることだ。……最初から飛ばしすぎて潰《つぶ》れたら、意味がない」

「だが、タイヨウマメを潰さなくては、ブラドンナ草が……」

そう言ってサイビンが、またタイヨウマメの芽に向かって歩いていく。

タイヨウマメとブラドンナ草の畑は分けているはずなのだが、次から次へと生えてくるのだ。

本当に生命力の強い植物だな……。

サイビンの生命力がタイヨウマメ並みなら放っておいてもよかったのだが、残念ながらサイビンは人間だ。

この調子だと、明日には倒れるだろう。

「タイヨウマメを抜くのは俺がやっとくから、いったん寝ろ。任期は1年なんだ。その前に死んだら、任務失敗だぞ」

そう言って俺は、サイビンが摘もうとしていたタイヨウマメの芽を引き抜いた。
任務失敗という言葉を聞いて、サイビンが一瞬固まる。
それから、俺に向かって頭を下げた。

「……恩に着る……」

サイビンはそう言って、今にも倒れそうな顔で宿舎へと入っていった。
そして、宿舎に入る前に振り向き……俺に深々と頭を下げた。

「……最後に、頼みがある」

「なんだ?」

「……タイヨウマメを抜く時には……根を残さないように……気を付けてくれ」

頼みって、それかよ……。

仕事熱心にもほどがある。

……うん。

気を付けよう。

◇

それから数時間後。

雑草取りが一段落したところで、俺はブラドンナ草置き場に、収穫したブラドンナ草が放置されているのに気付いた。

元々の予定では、ブラドンナ草は収穫次第ただちに薬に加工することになっている。

ブラドンナ草は鮮度が落ちやすい植物なので、乾燥させるか薬に加工するかしないと、作れる治癒薬の量が減ってしまうのだ。

どうやら薬師たちも、加工の手が追いついていないようだな。

そう考えつつ俺は、加工作業をしている薬師たちに近付く。
薬師たちは真剣な目つきで、ブラドンナ草をすり潰している。

「やっぱり、時間がかかるか？」

俺がそう声をかけると、作業をしていた薬師の一人が顔を上げた。
それから、申し訳なさそうな顔をしながら口を開いた。

「はい。この3人であの量のブラドンナ草を調合するのは、正直無理かと……」

薬師はそう言いながらも、作業の手を止めない。

この農地には今、3人の薬師がいるが……やはり人手不足みたいだな。
薬師はもともとの人数が少ないため、領地から集めるにも限界があるのだ。
しかも、冒険者や農民と違って、信用できる薬師を手当たり次第に集める訳にもいかない。
食糧や冒険者が足りなくなっても、金さえ用意すれば他《ほか》の領地から集められる。

信用できる冒険者にはブラドンナ草栽培を手伝ってもらって、普通の冒険者には魔物を狩ってもらえばいいという訳だ。

だが、薬師だとそうもいかない。
この世界の薬師は、医者のような役目も兼ねている。
そのため、他の領地から薬だけ買ってくるという訳にもいかないのだ。

そういう理由があって、薬師は特に人手不足だった。

「一般人でも手伝えるような作業って、ないのか？」
「はい。というか……作業の半分以上は、薬師じゃなくてもできる作業です」

半分以上か。
その作業さえなんとかできれば、今の生産量はなんとかなりそうだな。

「どんな作業だ？」

「このすり鉢で、ブラドンナ草をすり潰す作業です。……ちょっとしたコツはあるが、一般人でも時間をかければまともなものができますよ」

そう言って薬師が、使っていたすり鉢を俺に見せる。

確かに、大量の薬草をすり潰すとなると、結構な重労働だな……。

「すり潰す人手は、何人必要だ？」

「そうですね……慣れた人が10人いれば、私達は他の作業に専念できます。そうすれば、この量のブラドンナ草もなんとか消費しきれるかと……」

10人か。

それは厳しいな。

この秘密農地は、まだ人手不足だ。

薬師は特に足りていないが、他の役目の人数にも余裕がないため、薬草潰しに10人用意するのはなかなか難しい。

薬師以外の人手は、増やそうと思えば増やせるのだが……人数が増えれば増えるほど、秘密は漏《も》れやすくなる。

たとえ信用できる人物であっても、尾行や監視、尋問などを使われれば、秘密が漏れる原因となるのだ。


俺もメイギス伯爵も、ここをブラック農地にはしたくないと思っている。

そのため、必要な人手は増やすつもりだが……10人も一気に増やすのはかなり危険だ。

いつかは秘密が漏れるにしても、今漏れるのはまずい。


「……なんとか、もうちょっと減らしたいところだな……」


そう言って俺は、少し考え込む。

薬師達は、丁寧にブラドンナ草をすり潰しているようだ。

その必要があるからこそ、丁寧にすり潰しているのだろうが……これでは時間がかかるのも仕方がないな。

「ブラドンナ草って、適当にすり潰すんじゃダメなのか？」

「はい。細かく潰れていないと、成分がしっかり抽出できないんです。……作れなくはないですが、ポーションを作れる数が減ります」

なるほど。

しっかり潰さないと、資源を有効活用できないという訳か。

「これ、使っていいか？」

そう言って俺は、置いてあった予備のすり鉢とブラドンナ草を手に取る。

「もちろんです。……手伝ってくれるんですか？」

「ああ」

そう言って俺は、ブラドンナ草をすり鉢で潰し始めた。

だが……やってみると、意外と難しい。

薬師達は慣れた手つきでどんどんブラドンナ草を潰していくが、俺がすりこぎですり鉢に薬草を押しつけても、なかなか綺麗《きれい》に潰れないのだ。

『英知の薬』を作る時には、ごく少量のブラドンナ草をすり潰すだけで済んだが……大量のブラドンナ草が相手となると、勝手が違うのだ。

「これ、結構難しいな」

「慣れは必要な作業です。……先ほど、慣れた人なら10人と言いましたが……未経験者だと30人ほど必要かもしれません」

30人は、どうあがいても無理だな……。

忠誠心の高い下級職だって、無限にいるわけじゃない。

信用できる順に採用していくにしても、人数が増えるほど、新しく採用する人手は信用度が低くなる。

いきなり30人集めるのは、機密漏洩《ろうえい》のリスクが大きすぎる。

そう考えつつ俺は、不慣れな手つきでブラドンナ草をすり潰していく。

そして……。


「こんな感じか？」


ブラドンナ草の原型がなくなったところで、俺は薬師にブラドンナ草を見せる。

それを見て……薬師は首を横に振った。

「まだ少し、粒が粗いですね。これではブラドンナ草を生かしきれません。……これを使ってください」


薬師はそう言って、先ほどのものより目が細かいすり鉢を俺に渡した。

なるほど。手間がかかるわけだな。

どうやら薬作りは奥が深いようだ。

「……このまま使うと、どのくらいの量の薬が作れるんだ？」

「そうですね……だいたい、ちゃんと潰した場合の97パーセントといったところでしょうか」

……ん？

なんか、思ってたのと違う数字だな。

97って……ほとんど全部じゃないか。

「もしかして、ほんの３％のために、ここまでの作業をしてたのか？」

そう言って俺は、目の細かいすり鉢を指す。

俺の言葉を聞いて、薬師ははっとした顔になった。

「そういえば……今は、ブラドンナ草が大量にあるんでしたね。ブラドンナ草は超貴重品という認識でいたので、つい……」

どうやら薬師達は、超貴重品のブラドンナ草を、少しでも無駄にしないやり方で作業をしていたようだ。


だが今、ここには大量のブラドンナ草がある。

放っておいても、ブラドンナ草は劣化していくだけだ。

要は、時間との闘いというわけだ。


「大雑把《ざっぱ》でいいなら、今の2倍のペースで作業できます！」

「アドバイス、ありがとうございました！」


そう言って薬師達は、先ほどより乱暴にブラドンナ草を混ぜ始めた。

これで作業ペースが2倍になるなら、薬の生産量は97%×2で、今までと比べて194%にもなる。


だが……まだ遅いな。

今の2倍の作業ペースでも、作ったブラドンナ草のうち、加工できるのはほんの一部のはず。

雑でいいなら、もっと効率的なやり方があるかもしれない。

（マジックサーチ）

俺は詠唱せずに『マジックサーチ』を使い、周囲の魔物の位置を調べる。
それを見る限り……このあたりに今、強い魔物はいない。
これなら、俺が一時的に離れても大丈夫だろう。

「ちょっと、買い物に行ってくる」

俺はすり鉢を置くと、そう言って立ち上がった。

「買い物……ですか？」

「ああ。すぐ戻ってくるから、作業しててくれ」

◇

それから1時間後。

目当ての品を無事に手に入れた俺は、薬師達の元に戻っていた。


「これを使おう」


そう言って俺が調合用スペースに置いたのは……回転式の石臼《いしうす》だ。

石臼は、材料を2枚の石で挟んでぐるぐる回すことで、挟まれた材料を粉々に潰す。

この世界で石臼は、小麦を粉にしてパンを作るために使われている。

だが……別に小麦用の石臼で薬の材料をすり潰してはいけないという決まりはないはずだ。

「それは……流石《さすが》に乱暴では……？」

「まあ、試すだけ試してみよう」

そう言って俺は、石臼にブラドンナ草を投入して、ぐるぐる回してみる。

すると……あっという間に、粉々になったブラドンナ草が出てきた。

「これ、使えそうか？」

「ちょっと、潰れ方が粗いですね……。収量は落ちるかもしれません」

そう言って薬師が、出てきたブラドンナ草を観察する。
確かに、手ですり潰したものに比べると、見た目がちょっと違うな。
ブラドンナ草専用に臼を改良すれば、同じようなものが作れるかもしれないが……それはそれで、時間と試行錯誤が必要になりそうだ。

とはいえ……。

「収量が落ちるとしても、薬は作れるのか？」

「作れることは作れると思います。ブラドンナ草を石臼で挽《ひ》き潰すなんて初めてなので、やってみないことには分かりませんが……」

「じゃあ、試してみてくれ」

そう言って俺は、山積みになったブラドンナ草に目をやる。

実験で多少無駄にしても、今の状況なら関係ないな。

「分かりました。やってみます」

そう言って薬師達が、調合作業を始めた。

変な形の小さな鍋に水を張り、潰したブラドンナ草を入れてかき混ぜたり温度を調整したり……薬師達が、複雑な作業を施していく。

作業用の鍋も、形の違うものがいくつもあり、それを順番に使っているようだ。

そして……およそ2時間後。

「できました。治癒薬です」

完成した薬を瓶《びん》に詰めて、薬師がそう宣言した。

どうやら、石臼で挽いたブラドンナ草でも薬は作れるようだな。

「普通に作るのに比べて、量はどうだ？」

「1回分弱、といったところでしょうか。そうですね……手ですり潰したブラドンナ草で作れば、だいたい1・2倍くらいの薬が作れたと思います」

なるほど。

やっぱり作れる量は減るんだな。

とはいえ……。

「そのくらいなら関係ないな。ブラドンナ草ならいっぱいあるし、どんどん使ってくれ」

「りょ……了解です！」

そう言って薬師達は、ブラドンナ草をどんどん石臼に入れて潰し始める。

これで作業効率がだいぶ改善するな。

「ブラドンナ草を石臼で潰すのって、なんだか妙な罪悪感がありますね……」

「ちょっと楽しくなってきました。こんな大量のブラドンナ草、普通に薬師として暮らしていたら、一生扱えませんでしたし」

薬師達はブラドンナ草を潰しながら、そう話している。

手作業ですり潰していた時には、みんな黙々と作業をしていたのだが。

それだけ、作業に余裕ができたということだろう。

だが……さっきの感じだと、今度は薬の調合のほうで時間がかかりそうか。

たった1回分の薬を調合するのに2時間もかけていたのでは、あの量のブラドンナ草はとても消費しきれない。

もっとまとめて作れば、効率がよくなりそうだ。

「薬の調合って、毎回さっきと同じようにやるのか？」

「はい。この国の薬師なら誰《だれ》でも、同じようにやると思います。……治癒薬調合の方法は国から教わったものですし、治癒薬調合専用の道具もありますので」

そう言って薬師が、さっき使っていた小さな鍋を指す。

鍋の側面には『治癒薬調合用鍋　1番』と書かれている。

よく見ると他の鍋にも、番号が振られていた。

鍋はそれぞれ、材質や形が違うようだ。

「これは……法律で決められた道具ってことか？」

「法律ではありませんが、これを使うとブラドンナ草を有効活用できるんです。先人達が試行錯誤した結果、今の形になったという話です」

なるほど。

国単位で作り方を指導して、限られたブラドンナ草から多くの治癒薬ができるようにしたということか。

「他の鍋でも、作ることはできるんだよな？」

「はい。昔は普通の鍋を使って薬を作っていたらしいですが……専用設備が普及してから、薬の生産量が1割ほど増えたとのことです」

1割か。

もったいないといえばもったいないが、今の状況では気にしても仕方ないな。

俺達は、大量に薬を作る必要がある。

薬の作り方も変える必要があるようだ。

「調合用の鍋って、大きいのもあるよな？　……こんな高さの鍋を、前に見たことがあるんだが」

そう言って俺は、手で自分の身長くらいの高さを示す。

何を調合していたのかは知らないが……とにかくでかい鍋だった。

「はい。安価な材料で大量生産する、傷薬用の大鍋などは、そのくらいありますね」

やはりあの鍋も、調合用だったようだ。

大きい鍋を使うと、温度管理などは難しくなるだろうが……それで多少、ブラドンナ草の無駄が増えたとしても問題ない。

ちまちま作っていても、ブラドンナ草が劣化してしまうだけだ。

「そういう大鍋で調合できるかどうか、試してみてくれ。ブラドンナ草は大量にあるからな」

「了解です！」

そう言って薬師達は、実験を始めた。

メイギス伯爵が集めた薬師は、人数こそ少ないが、優秀な薬師達だという話だ。

あとは任せておけば、いい感じに薬を作ってくれることだろう。

第四章

The Invincible Sage in the second world.

04

それから1週間ほど後。
俺達の治癒薬作りは、順調に進んでいた。

「今日の分の肥料を持ってきた。確認してくれ」

荷車を引いてきた男が、『メイギス治癒薬製作所』に来てそう告げた。
引いている荷車には、魔物の死体が満載されている。

彼の名前はワイル。
メイギス伯爵が、薬を売るために立ち上げた『メイギス商会』の職員の一人だ。
栽培に必要な物資などの搬入は、主にワイルが担当している。

「バッチリだ。……魔物の確保は順調みたいだな」

「ああ。冒険者たちが張り切っていてな。魔物の確保は心配いらないから、どんどん作ってくれ」


広いブラドンナ草畑をフル稼働させ続けるには、大量の魔物素材が必要になる。

必要な量はおおよそ、普段このあたりのギルドに運び込まれる量に比べて、10倍近い量だ。

それだけの素材を確保するためには、大量の魔物を狩る必要がある訳だが……

大量の魔物素材を確保しようと思うと、遠くにいる魔物を狩らなければならないが、街から離れた場所で魔物を倒すと、今度は運んでくるのが大変になる。

そのため、大量の魔物素材を確保し続けるには、非常に多くの労働力が必要になるのだ。

ということで、フル稼働を維持するのは難しいと思っていたのだが……予想に反して、魔物の確保は極《きわ》めて順調だった。

今のところ、魔物の死体が不足したせいでブラドンナ草畑の稼働が止まったことは、一回もない。

「流石《さすが》にそろそろ、街周辺の魔物の数は減ってきたか？」

「狩り始めた頃《ころ》に比べると、５分の１ってとこだな。だが、これ以上は減らないと思うぜ」

魔物は繁殖が早く、たとえ狩り尽くしても、どこからか湧いてくる。

今はそれで湧いた魔物を、片っ端から狩っている状態……といったところか。

魔物って、便利な資源だよな。

「狩りの範囲は、どこまで広まった？」

「２つ隣の町までって感じだな。５００人くらいで人海戦術だ」

「また増えてないか？　前は３００人って言ってたはずだが……」

「メイギス伯爵が魔物を狩ってほしがってるって話が、領地で広まってな。元冒険者とかも協力してくれてるらしいぜ」

これだけ広範囲から魔物をかき集められているのは、メイギス伯爵が声をかけた冒険者達が集まって、魔物を狩って回っているからだ。

別に強制した訳でも、法外に高い報酬を提示した訳でもない。

ただメイギス伯爵が『魔物を狩って欲しい』と指示しただけで、500人も集まったらしい。

「……ありがたい話だが……そんなにいっぱい集まって、情報は大丈夫なのか？」

「ああ。なにしろ実は領地の住民たちは、俺達が魔物の死体を集めている本当の理由を知らないからな」

「理由を知らない？　それなのに、こんなに集まったのか？」

「伯爵が『狩ってくれ』って一言言えば、理由すら聞かずに動く。そんな奴《やつ》が大勢いるのが、メイギス伯爵領なんだ。……街の住民達も、荷物運びなんかには協力してるみたいだしな」

狩りの様子は、俺も見てきたが……参加している冒険者達は、ほとんど下位職の人々だった。

薬師に関しては人手不足のようだったが……下位職の冒険者に対するメイギス伯爵の人望は、

すさまじいものがあるようだ。

もしかしたら……メイギス伯爵が下位職を束《たば》ねてゲオルギス枢機卿《すうききょう》に戦争を挑めば、それなりの損害は与えられるのかもしれないな。

まあ、そういう真似《まね》をしないからこそ、メイギス伯爵に人望があるのだろうが。

そんなことを考えながら俺は、『メイギス治癒薬製作所』の人々と協力して、運ばれてきた魔物の死体を運び込む。

「薬の販売は、もう始めたのか？」

作った治癒薬は、すべてメイギス商会へと運び込んでいる。

最初のうちは薬作りの実験などのため、生産量が安定しなかったが……今はもう大鍋による調合の態勢も安定したため、だいぶ安定して出荷ができるようになっていた。

俺はここで魔物の襲撃を警戒していたため、まだ販売の状況はあまり詳しく知らないのだが……政治的な影響力を大きくするために、かなり大々的に販売をするという話は聞いていた。

「はい。もう販売は始めたのですが……その件に関して、メイギス伯爵から説明があるとのことです。場所などは、この手紙に書いてありますが……来ていただけますか？」

そう言ってワイルが、俺に1枚の手紙を差し出した。

手紙には、メイギス伯爵の印が押されている。

説明の場所は、エリアスギルドの会議室のようだ。

俺がいない間に治癒薬製作所が魔物に襲われるとまずいため、あまり離れる訳にはいかないのだが……エリアスならすぐ近くなので、短時間なら問題ない。

会議などがなくても、飯を食ったり買い物をしたりするために、毎日エリアスには戻っているしな。

泊まり込みは疲れるので、魔物を警戒しつつも、休める時には休んでいるという訳だ。

恐らく、そのあたりのことも考えて、場所を選んでくれたのだろう。

「分かった。行けると伝えてくれ」

「ありがとうございます」

そう話しているうちにちょうど、荷物の搬入が終わった。

これで今日も、大量の薬が作れるだろう。

◇

数日後。

俺は治癒薬の販売状況を聞くために、ギルドへと来ていた。

「依頼に関する打ち合わせで来たんだが、ここで合ってるか？」

「はい。会議室で依頼人さんがお待ちです」

ギルドの入り口で要件を告げると、受付嬢がギルドの奥にある会議室へと案内してくれた。

会議室にはすでに、メイギス伯爵が座っていた。

「久しぶりだな。活躍の噂《うわさ》は聞いているよ。……警備をお願いするだけのはずが、色々やってくれているみたいじゃないか」

俺が会議室に入ると、メイギス伯爵がそう言って立ち上がった。

どうやら俺がやっていた仕事のことは、伯爵にも伝わっていたようだな。

まあ、俺はアドバイスをしただけで、実際の作業はほとんど薬師や栽培係たちがやってくれたので、俺はそれほど忙しくなかった訳だが。

「メイギス伯爵も、忙しそうだな」

確かに俺も忙しくしていたが……メイギス伯爵は恐らく、俺以上に忙しいだろう。

忙しさのせいか、メイギス伯爵は少し痩《や》せたように見える。

何しろ、治癒薬の販売というのは、国家規模のプロジェクトだ。

それを束ねつつ、教会を味方につけるための根回しをとなると……普通の人間がこなせる仕事量ではない気がする。

それでも、やってもらわなければ困るのだが。

「ああ。おかげさまで忙しくさせてもらっているよ。……最初は実験からだと思ったのだが、いきなりあそこまでの量が送られてくるとはな……」

今までに『メイギス治癒薬製作所』は、200本ほどの治癒薬を商会へと出荷している。

治癒薬の相場は、安くても1本300万ギール。

つまり価格にして、最低でも6億ギールということになる。

できたばかりの商会にとっては、確かに多い。

「いきなり売り切るのは、流石《さすが》に難しいか?」

メイギス商会は、つい1週間と少し前に立ち上がったばかりだ。

もちろん物流網や商会としての信用がある訳でもなく、ほとんどイチから作ることになっているだろう。

となると、いきなり200本はきついかもしれない。

そう、考えたのだが……。

「いや、実は入荷分はほとんど全《すべ》て売れている。残っている薬は、わざと手元に残しているものだけだ」

どうやら作った薬は、全て売れたようだ。

しかし……いくら治癒薬の需要が多いとはいっても、治癒薬は極めて高価品だ。

薬の効果は見ただけでは分からないので、商会としての信用も大事になる。

それがいきなり、２００本も売れるのだろうか。

「相場より安く売って、信用を築く作戦か？」

安売りで商品を使ってもらって、品質の良さをアピールするというのは、市場開拓にとって普通の手段だ。

俺達が作っている治癒薬は特に質が良いという訳ではないが……治癒薬の場合は、標準的な品質でも貴重品だからな。

治癒薬は大量に作れるので、安売りをするのはいい手だろう。

だが、メイギス伯爵は首を横に振った。

「いや。売り値は最低でも1本300万だ。実際には、それよりはるかに高く売ったがな」

「……相場通りって訳か。それでよく全部売れたな……」

「私もそれを疑問に思って、事情を調べていたのだが……どうやら、ゲオルギス枢機卿《すうききょう》のおかげらしい」

ゲオルギス枢機卿のおかげで、治癒薬が売れた……？

まさかゲオルギス枢機卿が販路を提供して、俺達の薬を売ってくれたなどということはないはずだ。

というか、もし枢機卿が協力を申し出ても、メイギス伯爵は間違いなくそれをはねつける。

考えられる理由となると……。

「ゲオルギス枢機卿は、治癒薬の供給を絞っていたのか？」

相場通りで売っているはずの治癒薬があっという間に売り切れるということは、治癒薬を欲しがっていた者が多かったということだ。

もし相場通りの治癒薬が豊富に売られていれば、俺達が作ったポーションがそこまで一気に売れる訳がない。

俺達の薬が一気に売れたということは、元々供給が不足していたということになる。

そんな現象を起こすことができるのは……治癒薬のほとんどを握っている、ゲオルギス枢機卿くらいのものだろう。

「恐らくそうだ。このところ、相場は1000万近くまで上がっていたらしい」

「1000万……少し前の相場の、3倍以上か」

少し前まで、治癒薬の相場は300万だったはず。

それが一気に1000万まで上がったということは、治癒薬の供給はよほど枯渇《こかつ》していたのだろうな。

「目的は、値段の吊り上《つあ》げか？　それにしては、やり方が急すぎる気がするが……」

確かに供給を減らせば、値段は上がる。

治癒薬を供給しているゲオルギス枢機卿にとって、メリットがないとは言えないだろう。

だが……それは今ゲオルギス枢機卿が持っている『治癒薬市場の独占』という立場を弱めることにもなりかねない。

治癒薬を売る量が極端に減ってしまえば、単価が上がったといっても収入は減ることになる。

完全に枯渇させてしまうより、400万や500万まで上げてある程度の数を売ったほうが、メリットが大きいだろう。

ゲオルギウス枢機卿の目的は、金ではなさそうだ。

ということは、供給のほとんどなくなった治癒薬を握っているという事実自体に、意味があるある？

となると……。

「……交渉材料か？」

例えば、力を持った貴族の娘が病気になったとする。
貴族は娘の命を救うために、必死に薬を探し回るだろう。

だが、いくら貴族といえども、市場にない薬を買うことはできない。
そこでゲオルギス枢機卿が『俺の下につけば、治癒薬を売ってやる』とでも話を持ちかける訳だ。

いろいろと問題の多い手ではあるが……うまくいけば、一気に勢力を拡大できるだろう。
すでにかなりの権力を持っているゲオルギス枢機卿なら、一気に国をほとんど掌握できる可能性すらある。

「一瞬でその結論に辿《たど》り着くとは……君はもしかして、諜報《ちょうほう》機関出身か？」

「いや、普通の冒険者だ。……自分が持っているものを交渉材料に使うのなんて、普通のことだろ？」

「……薬の値段の吊り上がり方だけでそこまで考えが及《およ》ぶのは、普通ではないがな」

そう言ってメイギス伯爵は、いったん言葉を切った。

それから、机の上に書類を広げる。

書類には貴族の名前と、役職が書かれている。

「10人ほどの貴族が、購入を打診してきたよ。いくら高くてもいいから、治癒薬を譲ってほしいとな」

「この書類が、その貴族のリストか？」

「ああ。……びっくりするような面子《メンツ》だろう？」

そう言ってメイギス伯爵が、薬を欲しがった貴族たちの役職を指す。

伯爵、侯爵、辺境伯……それどころか、最上位の貴族である公爵の名前まである。

公爵ともなると、基本的には王族だろう。

そんな大貴族までもが、俺達が作った薬を欲しがったのか……。

「これのリストの貴族は全員、反ゲオルギス派か？」

「はっきり反ゲオルギス派を名乗っている貴族ばかりという訳ではないが……少なくとも、ゲオルギス派ではないな」

「そんなに治癒薬を必要としているってことは、誰《だれ》かに使うんだよな？　……貴族の間では、そんなに病気が流行《はや》っているのか？」

1人や2人が治癒薬を欲しがるのは分かる。

しかし、こんなに大物ばかり10人もの貴族が薬を欲しがっているとなると、流石に異常事態だ。

何か事情があるはずだが……。

「ああ。ここのところ、貴族家の跡取りに原因不明の死病が流行っていてな。治療方法は、治癒薬以外にないらしい」

「……随分とゲオルギス枢機卿に都合のいい病気だな」

「まったくだ」

もしかしたら病気は、ゲオルギス枢機卿がわざと流行らせたものかもしれないな。

『絶望の箱庭』なら、そのくらいは平然とやりかねない。

「で、その貴族たちには薬を売ったのか?」

「もちろんだ。……とても喜んでもらえたよ。薬を買うためにゲオルギスに出された条件が、相当腹に据えかねていたみたいだな」

「だろうな。いい恩が売れそうだ」

ゲオルギスが出した条件にホイホイ従うような貴族なら、最初から脅しのターゲットになどされないだろう。

病気で弱っていく跡取りを抱えながら、どうするべきか悩んでいた……。

そんな状況の中で薬を売ってくれたメイギス伯爵に対する感謝は大きいはずだ。

「ああ。今のところ私は、薬を買いに来た貴族に交換条件を出さないようにしているが……自分から私への協力を申し出てくれる貴族が多いな」

「交換条件を出さないのか？」

「ゲオルギス枢機卿が交換条件付きで薬を売っている以上、同じことをするのは印象が悪い。……今の状況の場合、あくまで正義の味方として振る舞ったほうが、結果的に味方が増えると読んだ訳だ」

なるほど。

単にお人好《ひとよ》しで、薬を売ったという訳ではなさそうだな。

いい人に見えて、しっかりと打算もしているという訳だ。

「だが……交換条件を出したほうが、手っ取り早く私達の陣営を大きくしやすいのも確かだ。もし君が交換条件を出すべきだと思うなら、これからは交換条件を出すことにするが……どうする？」

「いや、メイギス伯爵の判断に任せる。薬作りは俺の役目で、政治は伯爵の役目だ」

「ありがとう。そう言ってもらえると助かるよ」

メイギス伯爵は反ゲオルギス派として、政治の舞台で戦ってきた人間だ。人望もあるようだし、任せておいて間違いはないだろう。

「今までに治癒薬を買った貴族たちは、領地が近い貴族がほとんどだ。これから先に、治癒薬を買いたがる貴族はもっと増えるかもしれない」

「なるほど。まだ勢力が大きくなるって訳だな」

「ああ。ゲオルギス枢機卿が治癒薬の供給を減らせば減らすほど、こちらとしては動きやすくなる。ゲオルギス枢機卿は、今頃《いまごろ》慌てていることだろうよ」

どうやら、作戦は順調なようだな。

だからこそ……反撃が心配になる頃か。

ゲオルギス枢機卿が今ほどの力を持っているのは、背後に犯罪組織『絶望の箱庭』がついているからに他《ほか》ならない。

メイギス伯爵が現実的な脅威となれば、暗殺に動いてくる可能性もあるだろう。

伯爵を殺されても、治癒薬が完全に作れなくなる訳ではないが……政治的には、かなり大きい影響があるはずだ。

反ゲオルギス派の貴族を束ねる旗頭《はたがしら》もいなくなるし、領地の住民達——特に下位職に対する求心力も、大きく失われる。

下位職たちは復讐《ふくしゅう》心を燃やすかもしれないが、冷静さが失われてしまうと、頭を使った作戦はとりにくくなる。

そうなれば、もう負けたも同然だ。

メイギス伯爵領の住民は、忠誠心こそ高いものの、そこまで人数が多いという訳ではない。

実際に戦えるのは1000人いればいいほうだろう。

ゲオルギス枢機卿は、ただ闇雲《やみくも》に正面から戦いを挑んで倒せるような存在ではない。

500人や1000人で挑んだところで、一人ずつ殺されて壊滅に追い込まれるだけだ。

仮に内戦を挑んでゲオルギス枢機卿を殺したとしても、それはもはやただの内乱だ。

下位職が内乱を起こして貴族を殺したとなれば、今後の下位職の扱いが悪化することはあっても、よくなることはない。

こう考えると……メイギス伯爵を殺されるだけで、俺達の作戦はほぼ頓挫《とんざ》すると言ってもいい。

そのことにはゲオルギス枢機卿……いや、その裏にいる『絶望の箱庭』も、恐らく気付いているだろう。

治癒薬を売るためにメイギス伯爵があちこちの都市を移動するなら、暗殺のチャンスはいくらでもある。

俺が直接護衛につけば、対処のしようはあるが……そうすると今度は、『メイギス治癒薬製作所』を守ることができなくなってしまう。

俺が難しい顔をしているのを察したのか、メイギス伯爵が俺に尋ねた。

「暗殺が心配か？」

「ああ。俺が『絶望の箱庭』なら、メイギス伯爵を殺さない理由がない」

「だろうな。私自身、この戦いに命を捧《ささ》げる覚悟はあるが……まだ死ぬ訳にはいかない」

どうやら、メイギス伯爵もちゃんと自分の重要性を自覚しているようだ。

「それで……どう対策するんだ？」

「現状、私にとって一番安全な場所はエルドの側だと考えているんだが……どう思う？」

「そうだな……確かに、安全に貢献することはできると思う」

俺は別に、暗殺対策を専門にしている訳ではない。

だが賢者にも、いくつか対人用の探知に向いたスキルが存在する。

他の職業のスキルも使ったほうが、安全性は確保しやすいが……それにしても、俺が使い方を指導する必要はある。

この領地で働いている下位職たちには、暗殺対策に向いた職業の人間もいたが、そのスキルを使っている様子はなかったからな。

暗殺者を見つけた後の迎撃にも訓練が必要なので、少なくとも護衛係たちをしっかりと育成できるまでの間は、領地にいてもらったほうが安全だろう。

とはいえ……。

「俺は『メイギス治癒薬製作所』を守る役目がある。エリアスから離れる訳にはいかないぞ？」

賢者以外にも、広範囲の探知を可能とするスキルはある。

それを使える職業の者に使い方を教えておいたので、魔物を探すこと自体は俺がいなくてもできるだろう。

実際に今も、俺が『メイギス治癒薬製作所』を離れている間や俺が寝ている時には、彼らが魔物を探す役目を引き受けてくれている。

そして魔物が見つかったら、俺に報告するという訳だ。

だが……出てきた魔物への対処となると、まだ厳しい。

確率は極めて低いが、ブラドンナ草畑には、普通ではあり得ないような強さの魔物が寄ってくる可能性があるのだ。

せめて1体、強力な魔物が現れるまでは、ブラドンナ草畑の近くにいたい。

どういう原理かは知らないが、畑に寄ってきた強力な魔物が一度倒されると、その後は強い魔物が現れにくくなる。

そのため、1体目さえ倒せば俺も、領地を離れられる。

逆に言えばそれまでは、俺はここを離れられないという訳だ。

「分かっている。そこで私は、エリアスに滞在しようと思う」

「それで大丈夫なのか？　治癒薬を欲しがっている奴は、国中にいるんだよな？」

「ああ。正直なところ……薬を売るという意味でも、私自身は一箇所に留まっていたほうがいいんだ。私が治癒薬を売っているという噂は、すでに国中に広まっているからな。私があちこち動き回らなくても、向こうから買いに来てくれる」

なるほど。

すでに噂は広まっているのか。

こんなに早く噂になるとは……やはり治癒薬の需要はすさまじいようだな。

「分かった。護衛を引き受ける」

「助かる。……商会の拠点として、店舗用物件を用意した。後で場所を教えよう」

こうしてメイギス商会は、初の店舗を構えることになった。

ついでに、また俺の仕事が増えた訳だが……その分に関しては、追加報酬を請求しておくとしよう。

作戦のためとはいえ、仕事は仕事だからな。

とりあえず、警備に使える人材の育成を急ぐとするか。

忠誠心の高い下位職の中に、警備向きな職業の者が何人かいるので、まずは彼らを使えるようにしよう。

◆第五章

The Invincible Sage in the second world.

05

それから1週間と少し経《た》った日の朝。
俺《おれ》はドアがノックされる音で、眠りから目を覚ました。

「誰《だれ》だ？」

「サチリスです。侵入者を発見したため、報告に参りました」

俺はメイギス商会やメイギス伯爵を敵の手から守るために、領地にいる下位職達にスキルや戦い方を教えて、警備部隊を編成している。
今の世界では下位職と呼ばれているが……彼らは、ＢＢＯでは上位職と呼ばれる職業の者達だ。
それぞれに優秀なスキルを持っているため、その使い方さえ教えれば、非常にうまく働いてくれる。

その中でも特に、監視任務で活躍を見せているのがサチリスだ。

彼女は『精霊弓師《ゆみし》』という職業の、女性冒険者なのだが……この『精霊弓師』というのは、対人での索敵に非常に向いている。

そのため、領地において敵――主にゲオルギスの手の者を警戒する上で、俺がエリアスにいない時や、俺が寝ている時などには、警戒網の要《かなめ》となっている女性だ。

「分かった」

俺はそう答えてから、素早く身支度《みじたく》をして宿の扉の小窓を開けた。

この部屋はメイギス商会の人間が泊まるために、特別にセキュリティ対策を施して作られている。

扉を開けなくても外の状況が確認できる小窓も、その対策の一つだ。

もちろん、扉自体も厳重にロックされている。

「何があった?」

俺は小窓を通して外の状況に異常がないことを確認すると、扉のロックを解除してサチリスを招き入れた。

「怪しい者が4人、街に入りました。動きからして、恐らく実力者です」

「実力者が4人か……」

今までにも、不審な者が街に侵入することはあった。

中にはゲオルギスの手の者も、そうでない者もいたのだが……そのほとんどは、1人や2人での侵入だった。

4人というのは、過去最多だな。それが全《すべ》て実力者となると、なかなか気合いの入った侵入者のようだ。

サチリスがわざわざ報告に来たのも、今回の侵入者を危険だと感じたからだろう。

普通の侵入者くらいなら、サチリスは自力で制圧してしまうし。

「サーチ・エネミーの結果はどうだ？」

精霊弓師は、索敵に向いたスキルをいくつも持っている。

その中でも対人戦向けのスキルが『サーチ・エネミー』だ。

この『サーチ・エネミー』は『マジック・サーチ』と同じく敵を探すスキルだが……その方式が大きく違う。

『マジック・サーチ』が敵の『魔力』を探すのに対して、『サーチ・エネミー』が探すのは護衛対象に対する『敵意』なのだ。

この差は、対人戦において非常に大きい意味を持つ。

『マジック・サーチ』を使えば、街の中のどこに人間がいるかは簡単に分かるが、その人間が敵かどうかは分からない。

動き方などでなんとなく予想がつくこともあるが、注意深く観察して初めて分かるといった感じだ。

それに対して『サーチ・エネミー』が感知するのは、護衛対象に対する『敵意』なので、敵

となる人間だけを見つけることができる。

こういった街中などで敵を探すには、必須といってもいいくらいのスキルだ。

「メイギス伯爵とエルドさん、両方に対して敵意を抱いているようです」

これだけ便利な『マジック・サーチ』には、もちろんデメリットもある。

まず1つめは、護衛対象として設定できる人間の数が限られていることだ。

設定できる数は、スキルのレベルにもよるが……習得したての場合、2人だけだ。

今は最も狙《ねら》われやすい対象として、俺とメイギス伯爵を護衛対象にしてもらっている。

そのため、もし侵入者たちが他《ほか》のメイギス商会職員に敵意を抱いていたとしても、それを探知することはできないという訳だ。

2めのデメリットが、対人戦以外ではあまり役に立たないという点だ。

例えば、野生の魔物が俺達に対して敵意を抱くのは、俺達を見つけた瞬間だ。

そのため『サーチ・エネミー』は、まだ俺達を見つけていない魔物を探知することはできない。

これでは、森などでの狩りではほとんど役に立たない。
索敵の役割は、『敵に見つかる前に』敵を見つけることであって、『敵に見つかった後で』敵を見つけたところで、すでに手遅れなのだ。
人間の場合は事前情報などで俺達のことを調べ、あらかじめ敵意を抱いておいてくれるため、見つけやすいのだが。

そう考えつつ俺は、自分でも探知魔法を発動する。

「マジック・サーチ」

そう唱えると、魔力の情報によって、街の中にいる人の位置が分かった。
その中から俺は、怪しい人間を探す。
すると……街の入り口から右に少し行った場所にある、普段は人がいないような路地を４人組が歩いているのが分かった。

「敵意の源は街の入り口から右に行った場所に潜んでいる、４人組か？」

「はい。少し前から、ゆっくりと移動しているようです。……物音を立てないためにしては、不自然なほどの遅さですね」

「なるほど。……タイミングでも窺《うかが》っているのかもしれない」

そう言って俺は、部屋のカーテンを開けて空を見た。

空には月が出ているが……星はあまり見えない。どうやら曇《くも》っているようだ。

雲の流れる向きからして、しばらく待てば月は隠れるはずだ。

「……月が隠れて暗くなっているのを待っているのかもしれない。だとしたら恐らく、敵は屋根から侵入するつもりだな」

そう話しつつ俺は定期的に『マジック・サーチ』を発動し、連中の移動ペースを探る。

確かに、歩いているにしては遅いな。

立ち止まっているところを見られると、それはそれで怪しいので、ゆっくり移動しながら時間を潰《つぶ》しているという感じだ。

まあ元々、連中が移動している路地は人通りが極《きわ》めて少ない上に視線を遮《さえぎ》るようなものが多く、見られる可能性自体が低いのだが。

だからこそ、俺達にとっては分かりやすい。

「そろそろ『重点警備地点』に入るな。この感じだと……立ち止まってくれるんじゃないか？」

俺達は街の中に、いくつかの『重点警備地点』を設定した。

いずれも暗くて人通りが少なく、外に声も漏《も》れにくい、侵入者にとって使いやすそうな場所だ。

街の警備という意味では本来潰すべき死角を、あえて残してある。

その理由が、『精霊弓師』のスキルによって設置できる『精霊』の存在だ。

『精霊』は移動できず、攻撃能力を持たないが、聴覚を共有することができる。

そして何より、特殊なスキルでしか発見できないため、偵察に非常に便利なのだ。

『重点警備地点』には、全て『精霊』が設置されており、そこでの会話などが盗聴できるようになっている。

「ほ、本当にエルドさんが言った通り、『重点警備地点』で立ち止まりました……！」

ちょうど『重点警備地点』で敵が立ち止まったのを見て、サチリスが驚いた顔をした。

狙い通りだ。

『重点警備地点』の周囲は、照明の配置などを工夫《くふう》することで、『誰かに見つかりたくない』者がここに隠れたくなるように仕向けてある。

『精霊』によって盗聴できる範囲は狭いため、こういう工夫が必要になる訳だ。

「ここでいいか」

「ああ。ここなら見つかることもないだろう」

立ち止まった4人の侵入者たちは、『重点警備地点』で話し始めた。

彼らは小声で話しているようだが……距離が近いので、会話ははっきりと聞き取れる。

「例の化け物……冒険者エルドはどこにいる？」

「化け物っていっても、所詮《しょせん》ノービスだろ？　警戒する必要はなさそうだが」

「俺もそう思うが……『上』から『気をつけろ』って命令が来てるってことは、警戒するだけの理由はあるんだろう」

化け物扱いとは、失礼な話だな。

しかし……どうやら敵のバックについている組織は、俺のことを危険視しているようだ。

できればノーマークでいてくれると、俺としてはありがたかったのだが。

「まあ、『上』がそう言っている以上、警戒するほかないか。……この時間だと化け物は、例の宿にいるはずだ。……宿の窓から確認してみるか？」

「いや、それで逆に気付かれたりすると厄介だ。宿の出口だけ見張っておいてほしい」

「分かった。俺が行こう」

そう言って侵入者の1人が、まっすぐ俺がいる宿のほうへと向かってきた。

どうやら連中は、俺が泊まっている宿の場所を把握しているようだ。

今スパイが俺のことを探れば、すぐにサチリスの『エネミー・サーチ』に引っかかるはずだが……。

恐らく、それ以前から侵入していたスパイか何かに、情報を調べさせていたのだろう。

となると、今回の襲撃は、かなり前から計画されていた犯行だな。

「では我々は、手はず通りに」

「ああ。失敗は許されない」

そう言って残りの3人も、『重点警戒地点』を離れていった。

どうやら、あの3人が伯爵暗殺の実働部隊のようだ。

そう考えていると、宿のほうに来た侵入者が、俺の宿が見えるような位置で立ち止まった。
どうやら、あそこから俺を監視するつもりのようだ。

「まずは監視役から殺しますか？」

敵が立ち止まったのを見て、サチリスが俺にそう尋ねた。
確かにサチリスには、弓を使った狙撃《そげき》系のスキルもある。
殺そうと思えば、あいつを殺すくらいはできるだろうが……。

「いや、監視役は最後に回そう。まずはメインの3人からだ」

そう言って俺は、宿の床板を外した。
床板の下は、隠し通路につながっている。

「……こんな隠し扉、あったんですね……」

「あったというか、こっそり作らせたんだ。……敵がこの宿を監視したり、襲撃したりすることは、予想がついていたからな」

「なるほど……敵のやることはお見通しだったって訳ですね」

「ああ。どうせ情報が漏れるなら、漏れる前提で対策を立てたほうがいいからな」

そう会話を交わしながら俺達は、隠し通路の中を移動する。

隠し通路は目立たないように設置した関係で、幅が狭くなっている。

頭をぶつけないように移動するのもひと苦労だ。

「この通路、どこにつながっているんですか？」

「近くの倉庫だ。宿の周りを監視している奴《やつ》には、ちょうど死角になる」

そう話しながら進んでいくと、出口が見えてきた。

出口付近には吸音材が敷かれていて、音を立てずに出られるようになっている。

「このまま、商会のほうへ向かうぞ。屋根の上に気を付けてくれ」

エリアスの領主であるメイギス伯爵は元々他の都市に住んでおり、エリアスには領主館がないため、伯爵はメイギス商会の建物に住んでいる。

恐らく連中は、屋根から襲撃をかけてくるだろう。

地上部分はかなり防御を固めているので、他に侵入場所がないのだ。

……もっとも、屋根などに関しても外から見えないだけで、かなり厳重に守られているのだが。

（……いましたね）

微《かす》かに聞こえる程度の小声でささやきながら、サチリスが近くの家の屋根を見る。

そこには暗闇《くらやみ》に紛《まぎ》れて、屋根を移動する3人の侵入者の姿があった。

物音を立てない、綺麗《きれい》な移動だ。

スキルで探していなければ、見つけられなかったかもしれない。

そう考えつつ俺は、３人の様子を見る。
どうやら、こちらには気付いていないようだな。

遠くから魔法でも打ち込めば、簡単に倒せる相手だが……ここはサチリスに任せてみるか。
サチリスには戦闘についても教えてはいたものの、そこそこ実力がある相手での実戦というのは、これが初めてだし。
敵襲の際、常に俺が対処できるとは限らないので、俺がバックアップできる時に経験を積ませておきたいところだ。

（俺は危険な状況になるまで手を出さない。一人でやってみろ）

（分かりました）

そう言ってサチリスが、弓を構えた。
この世界では『精霊弓師』のスキルもほとんど知られていなかったため、以前はサチリスは『弓使い』の劣化版のような戦い方をしていた。

だがスキルを習得した今は、『精霊弓師』としてスキルを使って戦うことができる。

（いきます）

サチリスはそう呟《つぶや》いて、空に向けて矢を放った。

そして数秒後。

屋根にのっていた侵入者の1人が、屋根から転げ落ちた。

その頭には、サチリスの矢が刺さっている。おそらく即死だろう。

だが……侵入者が落ちた時の音で、残りの2人が襲撃に気付いてしまった。

2人は屋根の上に散開し、周囲を見回す。

そんな中、サチリスが2本目の矢を放つが——侵入者は2本目の矢を、手に持ったナイフで弾いた。

（こんな暗闇の中で、矢を弾くなんて……）

やはり侵入者は、かなり練度が高いようだ。
この暗闇の中で飛んできた矢を弾くのは、簡単にできることではない。
困惑の声を出しながら、サチリスはさらにもう1本の矢をつがえる。
しかし、すでにサチリスの位置は、敵にバレてしまっている。
侵入者たちは地上に降り、見えないところに隠れてしまった。

（……こっちに来ますね）

（当然だな。……もう位置はバレているし、殺しに来るぞ）
（い、一体どうしたら……。隠れたほうがいいでしょうか？）
サチリスはおびえと困惑が混ざった表情で、俺にそう尋ねる。
まあ、大体予想通りの展開だ。
（どうしてこうなったかは分かってるか？）

（ええと……1人目を倒した時に、残りの2人を倒す準備をしていなかったからでしょうか？）

（正解だ。……1本目の矢が当たるのを見ずに2本目も撃っておくか、そうでなければせめて2本目を撃つ前に移動すべきだったな）

奇襲を仕掛ける側というのは、極めて有利な立場だ。

その状況から、たった1人を倒すために姿を晒《さら》してしまうのは、少々もったいない。

せめて初動で2人倒せれば1対1の状況に持ち込めるのだが……1人倒しただけで気付かれてしまうと、2対1で正面からぶつかることになってしまう。

1対1なら土地勘のぶんこちらのほうが有利だが、流石《さすが》に敵のほうが多いとなると、なかなか戦いにくくなるからな。

（はい。すみませんでした……）

（いや、初仕事としては最初の矢を当てただけでも上出来だ。後はこっちで対処するから、こ

こから動かないでくれ）

そう言って俺は、サチリスの元を離れた。

敵は2人とも同じルートを通ってくるようだが……さすがに警戒しているらしく、簡単に奇襲ができそうな状況ではない。

だが、2人くらいなら何とでもなる。


（アイス・ピラー）


俺は無詠唱《むえいしょう》で『アイス・ピラー』を発動した。

無詠唱魔法は威力が落ちるが、今は威力が必要な状況ではない。

発動先は敵の頭上ではない。

敵からかなり離れた路地裏の上空だ。

魔法が発動すると同時に俺は移動を始め、俺は敵の通り道へとつながる路地へと入った。

すぐに敵の通り道へと出られるが、顔を出さない限り敵からは見えない位置だ。

そして数秒後。

『アイス・ピラー』が地面に落ちて砕け、大きな音を立てる。

そのタイミングで俺は路地から顔を出し――敵の片方に『デッドリーペイン』を打ち込んだ。

突然の大きな音のおかげで、敵の意識は『アイス・ピラー』の落下位置のほう向いている。

そのために俺は、あえて『アイス・ピラー』を敵から見えない位置に打ち込んだのだ。

音の原因が分かれば、陽動が簡単にばれてしまうしな。

「ぎゃああああああああああああああああああああああ！」

『デッドリーペイン』を受けて、侵入者の片方が絶叫を上げた。

こういった状況に派遣されるような暗殺者なら、痛みに耐える訓練くらいは受けているだろう。

だが『デッドリーペイン』の痛みは、訓練でどうにかなるようなものではない。

あらかじめ対策用の魔法を使っていれば、話は別かもしれないが。

だが、そんなことは侵入者には知る由《よし》もない。

訓練された暗殺者としてあるまじき悲鳴を上げた相方に、『デッドリーペイン』を受けなかったほうの侵入者は意識をとられた。

そのタイミングで俺は、本命の『アイス・ピラー』を発動しつつ——路地から飛び出した。


「……貴様か」


路地から飛び出した俺を、侵入者の目が捉《とら》えた。

そして侵入者は、短剣を構える。

次の瞬間、落下した『アイス・ピラー』が侵入者を2人まとめて押しつぶした。


それを確認してから俺は、宿のほうへと向かう。

すると……先ほど俺の宿のほうを監視していた侵入者が、こちらへと歩いてくるのが見えた。

どうやらさっきの『アイス・ピラー』の音で、異変が起こったことに気が付いたようだな。

そう考えつつ俺は、侵入者が敵だと気付かないふりをしてそのまま真《ま》っ直《す》ぐ歩く。

侵入者のほうも、何食わぬ顔で俺のほうへと歩いてくる。

そして――ちょうどすれ違った瞬間。

侵入者は俺に向かって、隠し持っていたナイフを突き立てようとした。

俺は杖《つえ》でその腕を払いつつ、魔法を詠唱する。


「デッドリーペイン」

「ぎっ……ぎああああああああああああああ!!」


あまりの痛みに痙攣《けいれん》を起こした侵入者の腕を、俺はロープで縛り上げ、猿ぐつわを噛《か》ませた。

これで侵入者は、舌をかみ切ることすらできない。

拘束《こうそく》用の道具を持ち歩いていてよかったな。

そう考えつつ俺は侵入者の頭を杖で殴って気絶させ、肩に担《かつ》ぎ上げた。


「よし。なんとかなったぞ」

俺は侵入者を運びながら、待機していたサチリスに戦いの終わりを告げる。

生け捕りにした侵入者は、情報を引き出すために騎士団の元へと送ることになるだろう。

「こんなあっという間に、3人を制圧……私もいつか、できるようになるんでしょうか？」

騎士団に歩く俺を見ながら、サチリスがそう尋ねた。

その問いに俺は、迷いなく答える。

「ああ。スキルと戦い方を覚えれば、このくらいはすぐにできるようになる。……特にこういう奇襲だと『精霊弓師』は優秀だからな」

そう言いながら俺は、サチリスが1人目の侵入者を倒したときの矢の軌道を思い出す。

正確で無駄のない、綺麗な軌道だった。

恐らくそれほど遠くない未来に、警備はサチリス達に任せられるようになるだろう。

その頃《ころ》には、サチリス以外の警備係もいい感じに育っていそうだしな。

◇

それから1週間ほど後。
俺は治癒薬販売の状況を聞くために、メイギス商会本店へと来ていた。

「調子はどうだ？」

最近になってメイギス商会は、本店以外での治癒薬販売を取りやめた。
わざわざ領地まで来る必要があるとなれば、流石に売り上げが落ちるのではないかという意見も出たのだが……。

「売れ行きは好調だ。君も知っての通り、入る薬は全て即日完売だよ」

俺が尋ねると、メイギス伯爵はそう言って笑った。
予想通りといえば予想通りなのだが、やはり治癒薬の需要は、少し買いにくくなったくらいで衰えるものではなかったようだ。

それだけ、ゲオルギス枢機卿《すうききょう》が治癒薬の供給を減らしていたということだろう。

だが肝心なのは、治癒薬の売り上げではない。

俺達の目的は、そのゲオルギス枢機卿の政治基盤を揺るがし、権力を奪うことなのだから。

「政治のほうは、どんな感じだ？」

「そうだな……予想より、状況はいい。貴族本人が治癒薬を買いに来て、その時に同盟を結んでくれるケースが多い」

貴族本人がわざわざ買いに来るのか。

使者が買いに来ても、普通に薬は買えるのだが……わざわざ本人が来るというのは、それだけ治癒薬の重要性が高いということかもしれないが……どうも、それだけではない気がするな。

「……別に、同盟を結ばなきゃ治癒薬を売らないとかじゃないんだよな？」

「ああ。こちらとしては、同盟を結んでくれと頼んですらいない」

なるほど。

頼んでもいないのに、大勢の貴族が同盟を結んでくる……。

ただ薬を売った恩というだけでは、考えにくい事態だ。

だが……今の状況を考えると、理由はなんとなく予想がつく。

みんなゲオルギス枢機卿が嫌いで、誰《だれ》でもいいからあいつを倒してほしいと思っているのだ。

いわゆる、『敵の敵は味方』ってやつだな。

「他の貴族たちもメイギス伯爵を旗頭《はたがしら》にして、本格的に派閥を作るつもりか」

「そういうことだ。今日同盟を組んでくれたのは、シダー枢機卿とカッサ伯爵……いずれも教会の重鎮だ。これで総勢30人といったところだな」

「随分集まったな……。全員、反ゲオルギス派か？」

ゲオルギス枢機卿は、短期間のうちに極めて大きい権力を獲得した。

それこそ、ギルドに干渉して下位職の扱いを変えさせることができるほどに。

そして……短期間で成り上がったということは、それだけ敵も多いということだ。

「全員って訳じゃないな。一番多いのは反ゲオルギス派だが、元中立派が『薬の恩を返す』と言って仲間に加わってくれることもある。あとは……単に勝ち馬に乗ろうって奴らだな」

「勝ち馬に……？　俺達はそんなに期待されているのか？」

このまま行けば、メイギス伯爵とゲオルギス枢機卿がぶつかり合うのは確定事項だ。

その戦いに勝ったほうが治癒薬の販売を握り、教会で圧倒的な権力を握るのはほぼ間違いない。

そうなれば、勝った側の派閥は優遇され、逆に負けた側の派閥は冷遇されるという訳だ。

だから貴族たちは、『どちらが勝つか』を慎重に見極《みきわ》め、勝つほうにつきたいと思っている。

ここまでは分かる。

だが……事情を知らないものが外から見れば、メイギス伯爵に勝ち目はないと思うだろう。

なにしろ、権力も規模も、ゲオルギス枢機卿のほうが圧倒的に大きいのだから。

だというのに『勝ち馬に乗りたい』という理由でゲオルギス枢機卿側につく貴族がいるというのは、予想していなかった。

「いや、別に期待されてはいないな。弱小すぎてゲオルギス枢機卿には相手されない貴族が、こっちに来ているというだけだ」

俺の問いに、メイギス伯爵はあっさりと答えた。

確かに……それなら納得はいく。

順当にゲオルギス枢機卿が勝ったところで利益《りえき》が得られないから、どうせなら大穴に賭《か》けるといったところだろう。

俺達の側につく理由としては不純もいいところだが……不純であろうと派閥の人数が増えれば力になるので、感謝しておいていいだろう。

「問題はここからだ。正面衝突になれば勝ち目はないが……勝算はあるのか？」

今度はメイギス伯爵が、俺に質問した。

確かに……まともに戦争をすれば、メイギス伯爵に勝ち目はない。

だが俺が狙っているのは、戦争ではないからな。

「もちろん勝てる。……連中が治癒薬を『作れなく』なれば、ゲオルギス枢機卿は自動的に落ちぶれるだろう？」

「それは、確かにそうだが……まさか、ゲオルギス枢機卿が治癒薬を作れないようにする方法に心当たりがあるのか？」

「ああ。そのためには、もっと派閥を大きくしてゲオルギス枢機卿を『焦《あせ》らせる』必要があるがな。……方法については、今は聞かないでおいてくれ」

ゲオルギス枢機卿は、大量の治癒薬を作っていた。

その方法と、弱点をつくための方法はすでに、見当がついている。

だが……万が一にでも狙いがバレてしまうと、ゲオルギス枢機卿に対策を打たれる可能性がある。

そのため今はまだ、俺以外には狙いを伝えないでおく。

「分かった。方法を教えないというのも、エルドのことだから考えがあってのことだろう」

「理解が早くて助かる」

「君の有能さについては、今までで嫌というほど理解させてもらったからな。……そろそろゲオルギス枢機卿も、本格的に私を危険視し始めるはずだ。ここからが本番だな」

そう言ってメイギス伯爵が、商会の壁を見る。

この壁は一見、ただの木の板に見えるのだが……中には極めて頑丈な鋼板《こうはん》が仕込まれており、ちょっとやそっとのことでは破壊できないようになっている。

これも俺が暗殺からメイギス伯爵を守るために考案したものだ。

「ああ。ここからは今まで以上に、暗殺対策が重要になってくる」

「覚悟はしていたが……対策は大丈夫か？　ゲオルギス枢機卿を倒すまで、私も死ぬ訳にはいかないんだ」

「もちろん万全だ。暗殺対策部隊のメンバー……特に精霊弓師のサチリスはいい仕事をしてくれる」

メイギス伯爵の問いに、俺は自信を持ってそう答えた。

前回の失敗から1週間ほどしか経っていないが……この1週間で、領地の警備態勢は随分と進化した。

その中でも最も大きな進歩が、メンバー同士での連携の確立だ。

今まで俺は、一人一人にスキルと戦い方を教えていたのだが……最近はそれが身に付いてきたので、互いに連携しての戦い方を教えている。

暗闇の中でしっかりとした連携を取るには、互いのスキルの特徴を把握してしっかりと練習を積む必要があるのだが……これができるのとできないのでは、戦闘のレベルは大きく変わる。

サチリスが討《う》ち漏らした盗賊たちも、今の暗殺対策部隊なら、簡単に制圧してくれることだろう。

「暗殺対策部隊か……ブラドンナ草の栽培を成功させてくれただけでも驚きなのに、まさか教育にまで精通しているとはな。もはやエルドにできないことを見つけるほうが難しいんじゃないか？」

「それは言いすぎだ。できないことだっていくらでもある。……できないならできないなりに、工夫をするだけだがな」

そう言って俺は、部屋の隅に山積みされた金貨に目をやった。

ここにある金貨は全て、治癒薬を売って手に入れた金だ。

工夫一つで、あの小さな畑がこれだけの金を生むのだから、工夫というのは馬鹿《ばか》にならないな。

そんなことを考えつつ、俺はメイギス商会を後にした。

第六章

The Invincible Sage in the second world.

06

それから数日後。

俺《おれ》が宿で、新たにエリアスに来た人々のリストに目を通している。

メイギス伯爵領の警備は、今も増え続けている。

伯爵の人脈で、信用できる者たちに声をかけることで、警備体制を強化しているのだ。

とはいえ……メイギス伯爵に恩のある者達の多くはすでに仲間に加わっているため、最近はあまり新入りは多くない。

そのため、あまり期待せずにリストを見ていた俺は……そこに見覚えのある名前が書かれているのを見つけた。


「『炎槍《えんそう》』のミーリア……？」

ただ名前がミーリアだというだけなら、何人もいるだろう。

だが……『炎槍』なんて呼び名がついているミーリアは、一人しかいないはずだ。

「あいつも、ここに来るのか……？」

リストには、それ以上の情報は書かれていない。

だが……このリストに書かれているのは、すでに商会に到着した者のはずだ。

とりあえず見に行ってみるか。

◇

「……本当にいた……」

少し後。

俺が商会に向かうと、そこにはミーリアがいた。

ミーリアもすぐ俺に気付いたらしく、俺のほうへと駆け寄ってきた。

「久しぶりだな。なんでここにいるんだ？」

ミーリアはランクを上げるために、別行動になったはずだ。

そのミーリアが、なぜ薬草栽培の護衛としてここにいるのだろう。

……ギルドで功績を積みたいなら、メイギス伯爵領よりもっと良い場所はいくらでもありそうなものだが……。

そう考えていると、ミーリアが答えた。

「メイギス伯爵から、手紙で頼まれたからよ。信用できる冒険者の人手が欲しいってね」

「確かにメイギス伯爵は、信用できる冒険者を集めると言っていたが……まさか知り合いだったのか」

「メイギス伯爵には昔、低ランクの頃《ころ》にお世話になったのよ。伯爵がいなければ、今の私はいないわ」

なるほど。

どうやらメイギス伯爵は、ミーリアの恩人でもあったようだ。

だから『信用できる人手が欲しい』と言われただけで、ギルドでの功績にならないにもかかわらず、すぐに飛んできたという訳か。

メイギス伯爵の人脈のすごさを、思わぬところで見せられることになったな。

「エルドこそ、メイギス伯爵と知り合いだったのね。そっちのほうが驚いたわ」

「そうか？」

「……エルドって、全然知り合いのいない謎《なぞ》の冒険者ってイメージだったもの。……あんなに圧倒的な実力なのに、知ってるって人が全然いなかったし」

確かに、外から見ればそう見えるのかもしれないな。

実際、知り合いが全然いないというのは間違っていないのだが。

つい数ヶ月前まで、田舎《いなか》の町で暮らしていた訳だし。

「まあ、今回の手紙にエルドが関《かか》わってるんじゃないかってことは、だいたい予想がついてたんだけどね」

「もしかして、噂《うわさ》でも広がってたのか？」

「別にエルドがいるって噂を聞いたわけじゃないわよ。でも『メイギス伯爵領のエリアスで、治癒薬が大量販売され始めた』って話なら聞いたわ」

「……その噂と俺に、なんの関係が？」

確かに俺は、エリアスに行くとは伝えたが……別に治癒薬を作りに行くと言った覚えはない。

というか、そもそも俺がエリアスに来たのは元々『英知の石』を手に入れるためであって、治癒薬を作る予定などなかったのだが。

そう考えていると……ミーリアが答えた。

「関係あるわよ。そもそも治癒薬の大量生産なんてあり得ないわ。……あり得ないことが、ちょうどエルドが行った場所で起きたなんて聞いたら……真っ先にエルドを疑うのが当然じゃない？」

「ひどい言い草だな……」

俺が行った場所でおかしなことが起きただけで、俺のせいにされるのか。
実際に今回は俺のせいなので、言い返せないのだが。

……話が変な方向に行ってしまったので、元に戻しておこう。

「ちなみに俺とメイギス伯爵は、別に知り合いだった訳じゃないぞ。ただいろいろあって、ゲオルギス枢機卿《すうききょう》に喧嘩《けんか》を売るために手を組んだだけだ」

「ゲオルギスに、喧嘩を……？」

俺の言葉を聞いて、ミーリアが唖然《あぜん》とする。
どうやら協力を求める手紙には、詳しい事情までは書いていなかったようだな。

「ああ。治癒薬っていえば、ゲオルギス枢機卿の権力の源だろ？　それを大量生産して売りさばくだけで、合法的にゲオルギス枢機卿に喧嘩を売れる」

「確かにそうだけど……喧嘩を売るために手を組んだって、まさか本気でゲオルギス枢機卿に勝つつもりなの？」

「当然だ。勝つつもりのない喧嘩なんて売ってどうする」

「……普通なら、無理って言うところだけど……」

そう言ってミーリアは、少し考え込んだ。

これからどう動くべきかどうか、考えているのだろう。

いくら恩人であるメイギス伯爵の頼みだとは言っても……ゲオルギス枢機卿に喧嘩を売る俺達に協力するというのは、あまりにもリスクが大きい賭《か》けだ。

もし勝てば、ミーリアは治癒薬の利権を握るメイギス伯爵という強力な後ろ盾《だて》を手に入れることができる。貴族位に大きく近付くはずだ。

だが……逆に負ければ、ミーリアの目標である貴族位の獲得は、まず不可能になるだろう。

「協力はやめておくか？　もし辞退するなら、事情は俺から話しておくが」

俺はミーリアに、そう尋ねる。

だが……ミーリアは、首を横に振った。

「協力するわ。どうせ貴族になるなら、ゲオルギスがいない国の貴族になりたいもの。……エルドがいるなら、十分に勝ち目もあるし」

その言葉に、迷いはなかった。

どうやらミーリアも、ゲオルギス枢機卿のことが相当腹に据えかねていたようだ。

「分かった。これからよろしく頼む」

そう言って俺は、右手を差し出した。

ミーリアはその手を握りながら、俺に尋ねる。

「それで私は、何をすればいいの?」

「森の中にある施設を、魔物の襲撃から守る手伝いをしてほしい。……対人戦よりも、そっちのほうが得意だろ?」

「……そうね。魔物相手のほうがやりやすいわ」

ミーリアの『英雄』という職業は、対人戦より対魔物戦に向いている。

対人戦のほうは、精霊弓師《ゆみし》などの仕事という訳だ。

「ありがとう。おかげで楽ができそうだ」

今まで、ブラドンナ草畑の近くに強い魔物が出た場合、全《すべ》て俺が倒していたが……ミーリアがいれば、ほとんどはなんとかなるだろう。

よほど強い魔物が出てきた場合は、俺も戦いに加わる必要があるだろうが、それ以外の場面では大分楽になる。

「楽ができるって……エルドがサボってるとこって、あんまり想像できないんだけど……。どうせあいた時間で、他《ほか》の仕事を始めるとかじゃないの？」

「……バレたか」

俺が警備要員などを育成していたのは、別にサボるためではない。
これは、俺は反撃に出るための準備だ。

後方を他の人々に任せて、俺はゲオルギス枢機卿を倒しに行く。もっとも、暗殺などで物理的に『倒す』訳ではないが。

ゲオルギス枢機卿は何度も暗殺者を送り込んでは返《かえ》り討《う》ちにされている訳だが……俺は一度で決める。

そのために今まで、準備を進めていた訳だが……機は熟した頃だ。
そろそろ、反撃に移るとするか。

◇

数日後。

俺はメイギス伯爵のところで、状況についての報告を受けていた。

「予想通り、例の侵入者はゲオルギスの手の者だったよ」

「なるほど。……4人も送り込んでくるとなると、やはりゲオルギス枢機卿は焦《あせ》っているみたいだな」

政治に関する情報も、当然メイギス伯爵は調べている訳だが……狙《ねら》い通り、すでにゲオルギス枢機卿の影響力は落ち始めているらしい。

『治癒薬を大量に供給できる、唯一の貴族』という地位を失った以上、当たり前といえば当たり前か。

「ああ。『炎槍』のミーリアが仲間に加わってくれたのも、こちらにとってはありがたい」

「ミーリアの戦力って、そこまで影響があるのか？」

「戦力というよりは、下位職の力の象徴としてだな。……下位職初のＡランクが生まれただけでも、領地はお祭り騒ぎだったんだ。その本人がこっちにつくとなれば、士気が上がるのも無理はない」

なるほど。

どうやらミーリアのＡランク昇格は、思ったよりも下位職達に勇気を与えていたようだな。

確かに、街中でミーリアを見かけると、人だかりに囲まれていることが多い。

ミーリアの昇格を手助けしたのは、俺が『壊天の雷龍《かいてんのらいりゅう》』を倒したことを隠蔽《いんぺい》するついでに、仲のいい奴《やつ》を貴族階級に送り込むのが目的だったのだが……思わぬ所でも効果があったようだ。

……街の中を歩くだけで人だかりができるとか、俺なら絶対嫌だし、手柄を押しつけておいて正解だったな……。

そう考えていると伯爵が、真剣な顔で切り出す。

「ところで今日は、他にも伝えたいことがあったんだ」

「伝えたいこと？」

「実は……マイアー侯爵が、我々の治癒薬の製法を聞きに来た」

侯爵か……。

伯爵よりさらに上に位置する、かなりの大貴族だな。

今まで俺達の仲間に加わった貴族には、伯爵までしかいなかったはずだ。

「侯爵というと、かなりの大物だな。断れないのか？」

今までにも似たような依頼は、いくつも来た。

というか、来ないほうがおかしい。

当然俺に聞くまでもなく、それらは全て断ってきたのだが……わざわざ俺に話してきたということは、何か事情があるのだろう。

「もちろん、断ってもいい。だが……私としては、これは受けてもいいかもしれないと思っている」

「……どういうことだ？」

「マイアー侯爵は、反ゲオルギス派の裏のまとめ役でな。私もずいぶん世話になっているんだ。それで実は……ゲオルギスは薬を作るために、違法な方法を使っているんじゃないかと疑っているらしい。そのために私達の製法を聞きたいという話だ」

なるほど。

ゲオルギス枢機卿が薬を作るために、違法な方法を使っている可能性がある。その手がかりのために、俺達の製法が知りたい……か。

普通なら、信じる訳がないが……。

実は『ゲオルギス枢機卿が、違法な方法で薬を作っている』という疑いは、俺が抱いているのと全く同じものだ。

そして俺がゲオルギス枢機卿に仕掛けようとしている『反撃』は、まさしくその点をつくものでもある。

もしかしたらマイアー侯爵は、俺が知りたい情報を握っているかもしれない。
ゲオルギス枢機卿との戦い……思ったより早く決着がつくかもしれないな。

「試しに、会ってみる訳にはいかないか？　製法を教えるかどうかは、その後に決める」

「分かった。実はマイアー侯爵は、すでにこの領地に来ておられる」

侯爵ともあろう者が、わざわざ格下の貴族に会いに来た訳だ。
どうやら、侯爵は本気のようだな。

◇

それから少し後。
ギルドの応接室で、俺はマイアー侯爵に会っていた。

「無理な申し出にもかかわらず、会いに来てくれて喜ばしく思うよ。……君がエルド君だね」

「ああ。元々は冒険者だが、今はここで治癒薬作りを手伝っている」

「手伝っている……か。状況を考えれば、君が製法を伝えたことは明白だがな。だからこそメイギス伯爵も、君をここに連れてきたのだろう？」

俺が治癒薬の製法を考案したという情報は、伏せられているはずなのだが……どうやらお見通しのようだな。

これが、侯爵家の調査能力だという訳か。

「ああ。ブラドンナ草の栽培方法を聞きたいとのことだったが……その件について、詳しく聞きたい。あの製法は、簡単に教えられるようなものじゃないからな」

「もちろん、製法が簡単に教えてもらえるとは思っておらん。というか実のところ、私は製法が知りたい訳ではないんだよ」

「じゃあ、何を知りたいんだ？」

「君の知恵を借りたい。……エルド君についても少し調べさせてもらったが、君がここに来てからマイヤスで治癒薬の量産が始まるまで、１ヶ月も経《た》っておらん。……この短期間で量産を成功させるということは、治癒薬についても詳しいんじゃないかね？」

なるほど。

これは……本当に期待ができそうだな。

俺が苦労して集める必要があった情報を、この人ならあっという間に調べてくれるかもしれない。

「ああ。治癒薬にはそこそこ詳しい。……どんな知恵を借りたいんだ？」

「そうだな。例えば……人間を材料にして治癒薬を作る方法があるなら、それを教えてほしい。……いや、あるかないかだけでも教えてほしい」

「ある」

マイアー侯爵の言葉に、俺はそう即答した。

それを聞いて、マイアー侯爵が驚きに目を見開く。

俺はそんな侯爵に、逆に尋ねる。

「最初の質問がそれだということは……何か、手がかりがあったんだな？」

「……話が早いな。あまりに早すぎて、恐ろしさすら感じるが……」

侯爵は表情を驚きに固めながらも、カバンから厚さ数センチもある分厚い書類の束を取り出した。

書類のタイトルには、『ゲオルギス枢機卿領に関する調査レポート』と書かれている。

「このページと、このページを見てくれ」

マイアー侯爵はそう言って書類の束から、２枚を抜き出した。

１つは『ゲオルギス伯爵領における、治癒薬の生産量の推定値』。

もう1つは『領地に運び込まれた奴隷の数』だ。

……2つのデータが、綺麗《きれい》に比例している。

これこそまさに、俺が欲しかったデータそのものだ。

おかげで『ゲオルギス枢機卿が薬を作った方法』の候補が、一つに絞れた。

「このデータ……一体どうやって集めたんだ？　なぜ奴隷の人数に着目した？」

まさかゲオルギス枢機卿が、領地に関するデータを自分から出す訳もない。

治癒薬は売り先もバラバラだろうし、奴隷だってたくさんいるので『特定の領地に何人入ったか』など調べようがないだろう。

「人海戦術で片っ端からデータを集めさせた。……その中から、治癒薬に関係がありそうな項目を探した訳だ。このデータを集めるには、本当に苦労したよ」

「片っ端からって……」

そう言って俺は、資料の目次に目をやる。

『ゲオルギス枢機卿領の、鉄鉱石の輸入量の推移』『領内の川の流量の推移』『領内のイチゴの生産量の推移』……。

本当にありとあらゆるデータが、一見どうでもいいと思えるようなものまで揃《そろ》っている。

「これだけの情報を集めようと思ったら、何人のスパイが必要なんだ？」

「裏方も含めれば、100人を超える規模が必要だ。こんなに大きい諜報《ちょうほう》チームを編成したのはこれが初めてだよ。……だが、それだけの価値はあったと思っている」

そう言ってマイアー侯爵が、さらに2枚の書類を手に取った。

片方は『領内鉱山における死者の数』、もう1つが『領内鉱山の生産量』だ。

ゲオルギス枢機卿が治癒薬を作り始めてから、死者の数は一気に増えたが、鉱山の生産量は全く増えていない。

さらにゲオルギス枢機卿の治癒薬生産量が減ると、死者の数もその時だけ減るのだ。

「なるほど。明らかに、人間を材料にしてるな」

「やはり、君もそう思うか。……だが、そうだとすると一つ疑問な点がある。……君なら、それにも答えられるか？」

「どんな疑問点だ？」

「ゲオルギス枢機卿が販売した治癒薬を入手して、成分を分析にかけたんだが……中の成分は、通常の治癒薬と全く変わらなかったんだ。もちろん、人間に由来する成分も見当たらなかった」

「……ああ、そのことか。別に『人間を材料にする』っていっても、すり潰《つぶ》して薬に入れるって訳じゃないぞ。人間の命を使った方法で、ブラドンナ草を人工的に量産するだけだ」

ブラドンナ草を大量に手に入れる方法には、いくつかパターンがある。

俺が使っているのは、魔物とタイヨウマメを肥料にした平和的な方法だが……人間の命を使うのであれば、もっと簡単な方法もある。

まあ『死んでもいい人間』を調達する難易度まで考えると、俺がやっている方法を使ったほうがよっぽどマシなのだが。

「ブラドンナ草の量産……そんなことが可能なのか？」

「ああ。……『血の石の儀式』という名前を、聞いたことはあるか？」

「初めて聞く名前だな。どんな儀式なんだ？」

「生きたままの人間を悪霊に捧《ささ》げる儀式だ。悪霊は生け贄《いにえ》と引き換えに『血の石』という魔法触媒を残していくんだが……その時に副産物として、儀式を行った場所の周囲に大量のブラドンナ草が生える。恐らくゲオルギス伯爵は、それを利用して薬を作っているんだろう」

この方法でブラドンナ草が生えるのは、儀式を行った直後だけだ。

そのため、大量のブラドンナ草を調達する方法としては、かなり効率が悪い。

それでも……治癒薬の価値が非常に高いこの世界では、やる価値があるということなのだろう。

儀式で手に入る『血の石』の使い道も気になるところだが……まずは治癒薬にターゲットを絞って、調査を行うとしよう。

「生きたままの人間を、悪霊に捧げる……か。確かにゲオルギスならやりかねんな」

「ああ。使っているのはブラドンナ草だから、製法自体は普通の治癒薬とほとんど変わらない。……ブラドンナ草を使って薬を使ってるのは、俺達も同じだしな。ゲオルギス枢機卿とちがって、俺達の栽培法は合法だが」

「確かに……それなら、成分が違わないのともつじつまが合うか……」

そう言ってメイギス伯爵は、少し考え込んだ。

それから、重々しく口を開いた。

「状況からいえば、ゲオルギス枢機卿が治癒薬を作るために人を殺しているのは間違いない。だが……問題は証拠だな」

「そのデータじゃ証拠にならないのか？」

この国は、たとえ奴隷であっても殺すのは犯罪だ。

1人や2人であれば、もみ消すこともできるかもしれないが……書類に書かれたデータを見る限り、恐らくゲオルギス枢機卿は薬のために1000人近い奴隷を殺している。

それだけの数の人間を殺したとなれば、いくら相手が奴隷であろうとも、通常は死刑だろう。

「ゲオルギス枢機卿は大貴族だ。状況証拠だけを突きつけても、処罰までは持っていけないだろう。……枢機卿の手の者が人間を殺している場面を直接押さえられれば、話は別なのだが……」

どうやら貴族の犯罪を捜査するのは、なかなか難しいようだ。

現場を押さえるとはいっても……『治癒薬』の生産方法は機密事項なので、簡単に見られるようなものでもないだろう。

ゲオルギス枢機卿だって、ブラドンナ草の入手源は全力で隠すはずだ。

となると、元々予想はついていたことだが……俺が行くしかないか。

「現場さえ目撃すれば、それでいいのか？」

「見るだけではダメだ。目撃だけならなんとでも言えてしまうからな。専用の魔道具で現場を撮影して、生きて魔道具を持ち帰らねばならん」

証拠用の、専用機材なんてあるんだな。

恐らく偽造防止用に特殊な魔法でも組み込まれているのだろうが……ちょっと面倒だ。

「……その魔道具は重いのか？」

「いや、一度限りで使い捨てのものなら、大きさはこのくらいだ。重さも魔石1個分くらいだな」

そう言ってマイアー侯爵は、ちょうど地球のスマートフォンくらいの大きさを手で示した。

使い捨てということは、撮影失敗は許されないということか。

……それでも、小さくて軽いのはありがたいな。

いくら収納魔法があるとはいっても、潜入先で巨大で重い機械を取り出して撮影なんてやっていられないし。

「分かった。俺が行こう」

「……君が自ら、偵察に行くのか⁉」

「ああ。俺は冒険者だし、潜入についての心得もある。適任だとは思わないか？」

驚いて問い返したマイアー侯爵に、俺はそう答える。

すると……メイギス伯爵が、横から声を挟んだ。

「悪いが、現場を押さえるのは、専門の隠密に任せてほしい」

どうやら伯爵は、俺が偵察に行くのに反対のようだな。

もしゲオルギス枢機卿が本気で警備網を構築しているのであれば、魔法やスキルに詳しい者でなければ、まず突破はできないはずだ。
となると……そのあたりの技術が衰退しているこの世界では、代役を調達するのが難しいと思うのだが。

「専門の隠密に、ゲオルギス枢機卿の警備網を突破できる奴がいるのか？」

「それは、やってみるしか——」

「私はもう試した。ここ数年間で15人近い隠密を、ゲオルギス枢機卿領に送り込んだよ」

俺の問いにそう答えたのは、マイアー侯爵だ。
どうやら、もう隠密を送り込んだ経験はあったようだ。

「その結果は？」

「生還者はゼロ。得られた情報も皆無《かいむ》だ。……すでに隠密の世界では『ゲオルギス枢機卿領には手を出すな』が共通認識になりつつある。送り込もうにも、受けてくれる隠密がいない」

……やはり、そうなるか。

枢機卿本人はともかく、そのバックについている『絶望の箱庭』が警備網を張るとなれば、スキルの使い方を理解していない隠密ではどうしようもないだろう。

「じゃあやっぱり、俺が行くしかないな。魔道具の準備を頼む」

「分かった。機材を準備しよう。……だが、危険だと思ったらいつでも逃げてきてくれて大丈夫だ」

「ああ。……期待して待っていてくれ」

メイギス伯爵は『そんな危険な場所なら、なおさら送り込む訳にはいかない』とでも言いたげな顔をしていたが……俺と侯爵が話を進めていくのを見て、あきらめたような表情になった。

そして引き留める代わりに、小さく呟《つぶや》いた。

「……生きて帰ってくれよ」

第七章

The Invincible Sage in the second world.

07

ゲオルギス枢機卿《すうききょう》領に向かうのを決めた翌日。
俺《おれ》が街の中を歩いていると、呼び止められた。
「すみませんエルドさん、急な来客の方がいらっしゃったのですが……」
呼び止めたのは、メイギス伯爵警護部隊のサチリスだ。
『急な来客』といっても、俺に客が来たというわけではない。
これは『緊急事態』の符牒《ふちょう》だ。
町中の警備を行うにあたっては、周囲に内容がバレないように話す必要がある。
かといって、緊急事態に一々人気のない場所へと移動するわけにもいかない。
そのため、あらかじめ符牒を決めておいたという訳だ。

「どうした？」

俺はサチリスに尋ねながら『消音』の魔法を発動した。

サチリスは『サーチ・エネミー』により俺や伯爵に敵意を抱いている者を見つけられるため、暗殺対策に非常に向いている。

そのため、これまでも何度か暗殺者の侵入を教えてくれたのだが……昼間に来るのは初めてだな。

「これで周囲に声は聞こえない。話しても大丈夫だ」

「侵入者です。数は20、大通りを真っ直《ます》ぐ『水神の守り亭』方面へと向かっています」

「……多いな。敵意の対象は？」

「メイギス伯爵です。しかし……移動方向を考えると、マイアー侯爵が狙《ねら》いかもしれません」

『水神の守り亭』は、エリアスにある中で最も格式の高い宿屋だ。

エリアスには領主館がないため、マイアー侯爵もそこに泊まっている。

サチリスの『サーチ・エネミー』は現在、俺とメイギス伯爵への敵意を探知する設定になっている。

そのため、マイアー侯爵が狙われているかは分からないのだが……もし商会にいるメイギス伯爵を狙うのであれば、移動の方向がおかしい。

恐らく侵入者は侯爵と伯爵を両方狙いたいと考えているが、まずは侯爵を優先した……といったところだろう。

しかし……侯爵がここにいることをもう知っているとはな。

一応、情報統制はかかっていたはずなのだが……やはりゲオルギス枢機卿の情報収集力はかなり高いとみるべきか。

「『風の声』より追加の情報が届きました。敵は20人全員が冒険者風で、目つきがどこかおかしい……との情報です」

町中にいる警備隊員から、連絡が入ったようだ。

冒険者風というのは……町中で違和感なく武器を持ち歩くためのカモフラージュといったところか。

「目つき……それは、人相が悪いとかいう話か？」

「いえ。焦点が合わないような、遠くを見ているような……薬物中毒者に近い目つきとのことです」

「なるほど。何かドーピングをしているかもしれないな」

王都で俺が転職した時の追手《おって》にも、薬を使って力を上げた者がいた。

あの薬は見た目の変化が大きすぎるため、町中を歩くには向かないだろうが……タイプとしてはあれに近いものかもしれない。

敵の背後に『絶望の箱庭』がついているのであれば、そういった薬くらいあっても不思議ではない。

「こちらから先制攻撃を仕掛けますか？」

「いや、戦力を集めるだけにしておいてくれ。本当に襲撃をかけようとしている奴《やつ》らなのか、ただ伯爵を嫌いな奴らなのか分からない状況で攻撃を仕掛けるのはまずい」

この領地にも、少数ではあるが伯爵を嫌っている者はいる。

事情は人によって様々だろうが、領主というのは基本的に税金を集めるものなので、それを理由に領主を嫌う者がいるのは別におかしくはない。

そういった人間も『サーチ・エネミー』に引っかかってしまうのだ。

これを先制して潰《つぶ》してしまうのは、最早ただの思想統制だ。

状況によっては思想統制も手段の一つではあるが、今はそこまでの非常時ではない……という判断だ。

「なるほど。夜中にコソコソと隠れて動いてくれれば、すぐに敵だと判断できるのですが……あえて白昼に堂々と道を歩いて襲撃というのは、盲点でした。これが敵の狙いでしょうか？」

「もし連中が本当にマイアー侯爵を襲撃するつもりなら、そうかもしれないな。まあ、こうやって捕捉できている時点で、対策は打てるんだが」

そんな話をしつつも、サチリスは他《ほか》の警備隊員たちに招集をかけ、必要な時には動けるように準備を始める。

警備部隊はいくつかのスキルによって、有事の際にすぐ連絡をできる通信網を組み上げている。

そのため、あちこちを走り回らなくても、指示が出せるという訳だ。

とはいえ……伯爵のもとをあまり手薄にするわけにもいかないので、集めるのは一部だけだが。

「援軍を出す準備ができたようです。すぐに『水神の守り亭』へ向かわせますか？」

「いや、援軍には『水神の守り亭』の近くで待機してもらおう。あそこの警備にはミーリアもいるから、戦力は十分なはずだ。下手《へた》に人数を増やすと、敵に紛《まぎ》れ込《こ》む機会を与えかねない」

ミーリアは普段、魔物相手に治癒薬製作所を守ってもらっている。

だが今はマイアー侯爵という重要人物がいるため、その守りを手伝ってもらっているのだ。

マイアー侯爵が暗殺対象となる可能性は、元々考慮していたからな。

敵が少し強いくらいの冒険者20人であれば、ミーリア一人でも十分対処できる。

もし敵が想定より強かった場合、外で待機させていた警備隊員を突撃させれば挟み撃ちが可能になる。

正面から全《すべ》ての戦力をぶつけ合うより、挟み撃ちのほうが勝ちやすい。

「しかし……ミーリアは元々冒険者です。警護の経験は浅いので心配ですが……」

「ああ。だから俺がカバーに入る」

俺はこういう場面に備えて『水神の守り亭』の構造も覚えている。

ミーリアが討《う》ち漏《も》らした敵によってマイアー侯爵が暗殺されるようなことは、俺が援護すれば防げるだろう。

とはいっても、危ない場面になるまで手を出す気はないのだが。

実戦経験というものはある意味、最も質の高い訓練ともいえる。

俺が手を出しすぎてしまうと、ミーリアから護衛の腕を磨く機会を奪ってしまうことになる。

「……それなら安心ですね。念のために、私も行きますか？」

確かに、敵が紛れ込むのを防ぐという意味で、サチリスの『サーチ・エネミー』は有用だ。

しかし——サチリスには、他に役目があるんだよな。

「いや、こっちの援護は俺一人で十分だ。それよりサチリスは、まだ見つかっていない敵を警戒してくれ」

「まだ見つかっていない敵……ですか？」

「派手な動きで陽動しつつ、静かに本命に攻撃を仕掛けるのはよくある戦略の一つだ。……まず侯爵を襲撃して警備を集めさせつつ、手薄になった伯爵を襲撃する作戦の可能性がある」

陽動作戦は、よくある作戦だが……よく使われるのは、それが強力な戦術だからだ。

大戦力で襲撃をかけられれば、嫌でも人手を回さざるを得ないからな。どうしても他の場所の警備は薄くなる。

それで空いた穴を埋めるために、『サーチ・エネミー』を持つサチリスを使おうという訳だ。


「分かりました。……伯爵は私がお守りします」

「頼んだ」

そう言って俺は『水神の守り亭』へと向かった。

◇

数分後。

裏道を使って侵入者達を追い越した俺は『水神の守り亭』へと到着していた。

すでに侵入者に関しての報告は届いているようで、ミーリア達は宿の入り口付近で待機している。

そんな中に――侵入者達がやってきた。
侵入者達は宿の前に辿《たど》り着くと、それぞれに武器を抜いた。
明らかに、客として泊まりに来たという雰囲気ではない。

（……斧《おの》が多いな）

武器を抜いた侵入者達を見て、俺は心の中でそう呟《つぶや》く。
斧は威力に優れるが、小回りが利《き》かず防御にも使いにくい。
そのため、冒険者が使う武器としては非常にマイナーなものだ。
にもかかわらず侵入者達は、ほとんどが大きい斧を装備していた。
剣を持った者が３人いるが、それ以外は全員斧だ。
小回りの利かない斧は、当然ながら対人戦にも向かない。
人間と戦うための武器としては、違和感があるな。

「待ちなさい」

そんな侵入者達の前に、ミーリアが一人で立ちはだかった。
他の警備隊員達は、宿の敷地内に散開しているようだ。
魔法などでまとめて倒されることを防ぐという意味では、合理的な陣形だな。

「待てと言われて、待つと思うのか？　……おい」

「はい」

そう言って男達の中から、３人が前に出た。
いずれも剣を持った男たちだ。
こいつらが対人戦担当という訳か。

「20人もいるのに、たった３人で向かってくるって訳？　……私も舐《な》められたものね」

ミーリアはそう呟いて、自分から３人のもとへと踏み込んだ。

対複数の戦闘では、敵の動きを待っていると包囲などの陣形を組まれ、不利な状況に追い込まれる可能性が高い。

そのため、自分から勝負に出たという訳だ。

「3対1の恐ろしさを知らないとは……冒険者は所詮《しょせん》、対人戦の素人《しろうと》か」

剣を持った男はそう言いながら、半歩後ろに下がる。

他の男達も、少しずつ立ち位置をずらしながらミーリアの様子を窺《うかが》う。

これは——スキル待ちだな。

スキルによる攻撃は強力だが、発動中は動きを制約されることになる。

その隙《すき》をついて、カウンターを叩《たた》き込む……というのが、侵入者達の狙いだろう。

だが……。

(このくらいなら、援護は必要なさそうだな)

俺は敵の様子を見て、そう状況判断する。

この街で警護を任せるにあたって、ミーリアにはスキルの隙を対策した対人戦闘のやり方も教えておいた。

さらに元々の実力差も合わせると……3対1でもミーリアが負ける気はしない。


「ふっ！」


敵の挑発に返事を返さないまま、ミーリアは槍を振るう。

スキルを使わない、単純な腕の振りによる突きだ。

突きを剣で受けた男は防御系スキル『鋼の護《まも》り』を使って、その威力になんとか耐えた。

ミーリアと敵の男の間には、かなりの力量差がある。もちろんミーリアのほうが上だ。

それでも男が耐えられたのは、ミーリアがスキルを使わなかったから。

スキルを使わずにスキルの防御を破るのは、よほどの実力差がなければ不可能だ。

……とはいえ、薬による強化の力を借りて、ようやく耐えたといった雰囲気だった。

そんな状況を見ながらも、残り2人の男は動かなかった。
あくまでミーリアがスキルを使うのを待つという訳だ。

そんな中——ミーリアが、見慣れた動きを見せた。
ガードクラッシュ。相手のガード——剣や盾《たて》による防御を、圧倒的な力で押し込むことで崩すスキルの動きだ。

『鋼の護り』には防御力の向上と引き換えに、発動中は移動ができなくなるという欠点がある。
その状況でガードクラッシュを使われれば、まず男は耐えられない。実力差を考えれば、即死は確実だろう。

だが——これは恐らく、敵が狙った状況そのものだ。
攻撃系スキルは発動したが最後、スキルの動作を完遂するまで他の動きができなくなる。それは隙以外の何物でもない。
『鋼の護り』を使った男は、自分の身を犠牲にすることでミーリアの隙を作ったのだ。

「今だ！」

2人の男が、剣を大上段に振り上げる。

俺と同じく『ガードクラッシュ』の動きを見抜き、その隙をつきにかかったのだろう。

いくら高レベルの冒険者が頑丈だとはいっても、大上段から振りかぶった全力の振り下ろしであれば、ミーリアにだって十分致命傷を与えられるだろう。

それが2人。いくらミーリアであっても、自分で発動したスキルによる制約は逃れられない。

そのはずだったのだが……。


「……は？」


男達は剣を構えたまま、困惑の声を上げた。

ミーリアが、予想外の動きを見せたからだ。


槍によるガードクラッシュの動きは、その場での単純な突きだ。

スキルの発動中に、移動できるようにはできていない。

だがミーリアは、突如移動方向を変え——剣を振りかぶった男達の側面へと踏み込んだのだ。

「……なぜ動ける！」

男達は困惑しつつも体の向きを変え、ミーリアに剣を振り下ろそうとする。
だが、遅い。側面をとった相手を仕留められないほど、ミーリアが弱いはずがない。

「ワイドスラッシュ」

次の瞬間、ミーリアのスキルが発動した。
範囲攻撃に特化したスキルであるワイドスラッシュは、３人の男たちを無慈悲に両断する。
発動後の隙が微妙に大きいスキルではあるが――発動後、ミーリアの周囲に生きた人間はいなかった。隙をつかれる訳もない。

「ス……『スキル潰し』がやられただと！？」

「バカな……スキルの発動中に動ける方法を開発したとでもいうのか！？」

「すげえ……これがエルドさんに直接指導を受けたっていう『炎槍《えんそう》』の力か……」

一撃で3人の敵を全滅させたミーリアを見て、敵は困惑の声を、味方は感嘆の声を上げる。

……狙い通り、勘違いしてくれたみたいだな。

実のところ、ミーリアは別にスキルの発動中に別の動きをした訳ではない。

最初からガードクラッシュなど、使っていなかったのだ。

スキルを使わなくても、『スキルと同じ動き』を再現することはできる。

威力向上や特殊効果は発動できないが、それでも他人から見れば、スキルを使ったように見えるという訳だ。

ミーリアが使ったように見えたガードクラッシュは、まさにその『スキルと同じ動きの普通の突き』。

どうやら、まんまと騙《だま》されてくれたようだ。

「落ち着け！　任務を遂行するぞ！　……俺達の任務は、そいつを倒すことじゃない！」

剣を持った3人がミーリアに負けたのを見ても、敵はあきらめようとしなかった。
敵はミーリアが守っている入り口を無視して散開し――両手に持った大斧で、壁を壊しにかかった。

「なるほど……そのための斧か」

実のところ、この連中を派遣した奴は、例の『スキル潰し』が確実に護衛に勝てるとは思っていなかったのだろう。
そこで『スキル潰し』が負けた場合に備えて、ドーピングで増強したパワーと人数に物を言わせた、壁の破壊による強行突入に出たという訳だ。

『水神の護り亭』は高級な宿だけあって、壁も頑丈にできている。
だが薬によって強化された男達の攻撃は、確実に壁にダメージを与えていた。
そんなイレギュラーな状況を見ても、ミーリアは落ち着いて対処を指示する。

「遠距離組は壁を壊そうとする奴を狙撃《そげき》、近距離組は入り口を守って！」

「「「了解です！」」」

ミーリアの指示を受けて、今まで戦況を見守っていた警備隊員たちも行動を始めた。
遠距離攻撃が可能な警備隊員達が、矢や魔法によって斧を持った男達を攻撃する。

そして……。

「たあっ！」

ミーリアの突きが、壁を壊そうとする男の無防備な背中を貫き、一撃で絶命させた。
男達は応戦しても無駄だと思っているのか、ミーリアが近づいても防御すらしない。

作戦としては合理的にも見えるが……ここまで躊躇《ちゅうちょ》なく自分の命を捨てる兵士が、簡単に手に入るとは思えないな。

もしかしたら、薬や洗脳などで思考能力を奪っているのかもしれない。

（ふむ……近距離組は後方に下げたか）

今の状況を考えると、入り口の護りはそこまで大人数である必要はないだろう。

敵は20人もいたとはいえ、ミーリアや遠距離攻撃使い達の手によって、その数は急激に減っている。

普通に入り口から突入させるような余力は、ほぼないはずだ。

さらに、この宿の入り口はそこまで広くないので……近距離組全員を配置するのは、少しもったいなく感じる。

にもかかわらず入り口を守らせたのは……恐らく、反撃による危険を避けるためだろうな。

敵は薬により強化され、普通より強い力を得ている。

ミーリアは『スキル潰し』達との戦いでそれを理解し、近距離組を戦わせるのは危険だと判断したのだろう。

入り口を守らせると言いつつ、実質はただの待機だ。

戦力を遊ばせるのは、余裕のある状況だからできることだな。
それだけ、ミーリアが強いということでもあるが。
などと考えているうちに……敵は次々とミーリアの槍に貫かれ、その数を減らしていった。

そんな中——俺の耳が、予想していた『音』を捉《とら》えた。
俺はそれを聞いて、懸念《けねん》していたことが現実になったことを知る。

「さて……出番だな」

俺はそう呟いて、宿の裏手へと向かった。
そして——建物の窓枠などに手をかけて壁を登り、屋根の下あたりへと到達する。
そこには、人が1人ギリギリ入れるくらいの穴が空いていた。

(やっぱりか)

中をのぞくと、そこには予想通りの光景があった。
壁に空いた穴は、屋根裏部屋へとつながっていた。

そして、誰《だれ》もいないはずの屋根裏部屋には、黒い服を着た男達がいたのだ。

黒い服を着た男は、腰から色々な道具を提《さ》げていた。

毒針、鋼糸、天井《てんじょう》に穴を開けるためのドリル。

そして闇《やみ》に紛れる黒い服と、足音を立てない歩き方。

紛れもない暗殺者だ。

「デッドリーペイン」

俺は屋根裏をマイアー侯爵の部屋に向かって歩いていた男達に向かって、デッドリーペインを発動した。

「ぎゃあああああああああああああぁぁぁぁぁ！」

暗殺者や隠密といった存在は、痛みに耐える訓練は受けているだろう。

だがデッドリーペインによる痛みは、訓練によって耐えられるようなものではない。

あまりの痛みに耐えかねた暗殺者達が、その場で倒れ込んだ。

「シャドウフォグ、スティッキー・ボム」

俺は魔法によって視覚を奪った上で、『スティッキー・ボム』によって男達の移動力を奪う。

あとは縛り上げた上で、尋問にでもかけて情報を引き出すところなのだが……あまり動かれると縛りにくい。

毒の武器などを持った暗殺者が相手となると、視覚を潰したくらいでは安心できない。

気絶系の魔法でもあれば使いたいところだが、あれはスキルポイントを振るほど便利なスキルじゃないんだよな。

となると……代用するしかないか。

「悪いな。ここに侵入したのを不運だと思ってくれ」

俺は暗殺者達に、一言そう詫びた。

相手がいくら悪人だとは言っても、今からやることは人間相手にやるには酷《ひど》すぎる行いだからな……。

「……は？」

いきなり詫びを言った俺に、デッドリーペインのショックから抜け出した暗殺者達が、困惑の声を上げる。

困惑しつつも武器を構え、音を頼りに俺を殺そうとしているあたり、さすがは訓練された暗殺者といったところだな。

などと考えつつ——俺は『気絶魔法の代用品』を発動した。

「デッドリーペイン。デッドリーペイン。デッドリーペイン。デッドリーペイン……」

「ぎゃああああぁぁぁぁ！　ぐうううううぅぅぅ！　がっ……ああああああああぁぁあ！」

デッドリーペインの連発を浴びた暗殺者達が、この世のものとは思えない絶叫を上げる。

うん。まるで拷問《ごうもん》……というか普通に拷問だな。

そんな感想を抱きつつも、俺はデッドリーペインを打ち続ける。

すると……男達の反応が段々と弱まっていく。

人間の体は強すぎる痛みに耐えられるようにできていないが、苦しみ続けられるほど頑丈でもないのだ。


そして……。

「デッドリーペイン」

「……」


10回ほどデッドリーペインを使ったところで、男達は声すら上げなくなった。

どうやら痛みが神経の許容量を超え、気絶したようだ。

これが気絶魔法の代用……と言う名の、非人道的な力技だ。

縄をかけられても反応すらしない男達（脈はあるので、多分生きている）を縛り上げ、俺は屋根裏を出た。

「エルド！　ものすごい絶叫が聞こえたけど……何があったの？」

俺の姿を見るなり、宿を壊そうとした侵入者たちを全滅させたミーリアが駆け寄ってきた。

その様子を見る限り……警備部隊の損害はゼロだったようだな。

そう考えつつ俺は、暗殺者の男達を地面に放り投げる。

「屋根裏にこいつらがいた。まあ間違いなく、暗殺者だな」

「や……屋根裏？　侵入口はちゃんと塞《ふさ》いでいたはずなんだけど……」

「屋根裏に隣接した壁に、人が入れるくらいの穴が開けられていた。……連中が斧なんかを持ち出したのは、その穴を開けるための陽動だろうな」

大人数で攻めることで、まず守り側の余力を奪う。

そして派手な攻撃で大きな音を出し、静かに本命を送り込む。

「これが陽動……全然気が付かなかったわ。……もし、エルドがいなければ……」

「暗殺は成功していたかもしれないな。屋根裏から穴を開けて毒矢でも射れば、侯爵は殺せただろうし」

敵が使ったのは、まさに普通の陽動作戦だ。

基本にして王道の作戦は、意外と対処がしにくい。

だからこそ、王道が王道として残っているという訳だが。

「……カバーしてくれて、ありがとう。やっぱり、エルドには勝てないわね。……でも、自分で守りきれなかったのは悔しい……」

「普通なら援軍がある状況だから、守りきれなかったのを恥じる必要はない。強《し》いていうなら……勝てない近距離組を近付かせない判断は正しかったが、使わないなら死角の警備にでも回すべきだったな。近距離組を建物の裏手にでも回せば、屋根裏からの侵入には気付けたかもしれない」

普段であれば、宿の裏手にも警備の人員はいる。

しかし今回は正面から大人数で攻められたため、普段は裏手を警戒している人員まで正面側に回してしまったのだ。

「確かに……せっかく人員を貸してもらったのに、ただ立たせておくのはもったいなかったかも……」

「ああ。戦闘で強くない人間でも使い道はある。個々の力は大きくなくても、連携を組ませれば結構戦えるようになるしな」

そう言って俺は、周囲の状況を確認する。

壁などは斧によって攻撃を受けていたが……被害状況を見る限り、復旧にはさほど時間がかからなそうだ。

地上部分の守りに関しては、ミーリアはよくやったと言っていいだろう。

「まあ、とりあえず合格点って感じだな」

「……エルドなしじゃ、侯爵を守れなかったのに？」

「今回は警備体制の訓練のために、わざと援軍を遅らせたんだ。俺がいない時にはもっと防衛側の人数が増えるから、人の扱い方さえ心得ていれば問題はない。……それと、今回は宿の設備の不備もあったたな。屋根裏から簡単に最上階を狙えてしまうのは、警備用の建物としては失格だ。これについては、改善してもらえるように頼んでおこう」

そんなことを話していると……サチリスが俺達のもとへやってきた。
どうやら戦闘が終わったのに気付き、こっちに来たようだ。

「終わったみたいですね」

「サチリスか。……そっちはどうだった？」

「エルドさんの読み通り、やっぱり暗殺者が来ました。相手は２人だけだったので、今度はバッチリ仕留めましたよ！」


侵入者2人を、1人で倒したのか。

強力な索敵スキルである『エネミー・サーチ』の助けを借りていたとはいえ、2人以上を弓で倒すのは簡単なことではない。

サチリスも腕を上げたようだな。


「やっぱり、伯爵も狙われてたか。……討伐《とうばつ》お疲れ様。これだけ防衛体制が整っていれば、俺も安心して反撃に出られそうだ」


どうやら相手は今回、二重の陽動作戦を仕掛けていたようだ。

昔のエリアスの警備体制だったら、侯爵と伯爵をまとめて殺されてもおかしくはなかっただろう。


しかし……今回の被害は、宿の建物が少し破壊された程度。

それも、この街にいる優秀な職人に頼めば、あっという間に直してもらえるレベルだ。

短期間で組み上げた防衛体制としては、上出来すぎる。

「……次があったら、エルドなしでも守りきれるようにしたいわね」

「ああ。次は俺がカバーに入れるとは限らないからな」

今回防衛部隊達は、よくやってくれた。

サチリスとミーリアの活躍の裏には、情報集めなどに走り回った隊員達の努力もあったはずだ。

とはいえ……そればかりに頼るわけにもいかない。

警備体制を万全に機能させるには、『警備される側』による配慮も必要不可欠だ。

とりあえず、守られるべき侯爵と伯爵が離れた場所にいるのは、警備上かなりの問題だな。

ただでさえ元々防衛の人手には余裕がないというのに、警護部隊を2つに分けたりしていては、守れるものも守れない。

どうにかして2人には近い場所に住んでもらえるように、交渉しておくか。

それと、できればもっとエネミー・サーチを使える人員が欲しい。

最近エリアスに来たばかりの精霊弓師《ゆみし》が1人いたはずなので、領地を出る前にスキルについて指導しておくべきか。

……出発前だというのに、随分とやることが多いな。

まあ、安心して反撃に出るためには守りを固める必要があるので、仕方がないのだが。

さっさとゲオルギス枢機卿を潰して、楽をしたいものだ。

第八章

それから3日後。

俺《おれ》はメイギス商会で、マイアー侯爵領から運ばれてきた撮影用の魔道具を受け取っていた。

魔道具には、王家の刻印が押されている。

「これが王国公認の、証拠撮影用魔道具だ。魔力を流せば、瞬時に周囲３６０度の風景を撮影できる」

「随分と高性能なんだな」

「高価な魔道具だからな。……だが、必要な時には遠慮なく使ってくれ。１枚でも証拠を押さえられれば、我々の勝ちだ」

そう言ってマイアー侯爵は、箱に入っていた３つの魔道具を全《すべ》て俺に渡す。

値段はあまり想像したくないが……ありがたく受け取っておこう。

「では、行ってくる」

「ああ。武運を祈る」

そう言葉を交わして、俺はメイギス商会を出た。

◇

商会を出て数分後。

俺は道を歩く途中で、後ろを振り向き——尋ねた。

「……何か用か？」

返事はない。

だが俺の感覚は、間違いなく誰《だれ》かに尾行されていると語っていた。

「そこにいるのは分かっている」

そう行って俺は地面から小石を拾い上げ、近くの物陰に投げ込んだ。
すると……物陰から、一人の男が出てきた。

「驚いたな。諜報《ちょうほう》の訓練を受けていない素人《しろうと》をあそこに送り込むなんて、死にに行かせるつもりなのかと思ってたけど……思いっきりプロじゃないか」

男は悪びれた様子もなく、そう告げる。
敵意はなさそうだ。
それから男は懐《ふところ》に手を入れ、1枚の紙を差し出す。
「別に敵意はないんだ。むしろ逆でね。……僕はアルファ。メイギス伯爵に、君を補佐するようにと頼まれた」

男が差し出したのは、命令書だった。

命令書には、俺の潜入を手助けするようにと書かれている。

マイアー侯爵の印があるので、恐らく本物だろう。

「こそこそ後をつけていたのは、俺を試したってことか？」

「ああ。まさかこんなに早く見つかるとは思わなかったけどね。……だんだん見つかりやすい尾行にして、いつ気付くか試すつもりだったんだけど」

メイギス伯爵は俺を引き留める代わりに、アルファを使ってテストをすることで生存率を上げようとしたみたいだな。

もし俺が実力不足なら、アルファに俺を引き留めさせて、無駄死にを防ぐつもりだったのだろう。

まあ、テストにしては簡単すぎたのだが。

「……それなら、魔力くらいは消したほうがいい。視覚や聴覚での探知には対策してたみたいだが、魔力でバレバレだ」

「人間の魔力を探知するって……面白《おもしろ》い冗談だな。そんなことができたら、隠密は商売あがったりだぜ」

俺は街を歩いているときにも、時折『マジック・サーチ』を使っている。

そのため、魔力を隠さずに尾行をされては、気付かないほうが難しいくらいだ。

しかし……この隠密には、魔力探知対策をするという発想がないらしい。

今の状況で送り込まれるということは、恐らくこの世界の基準で『腕のいい隠密』なのだろうが……それが魔力探知対策を知らないとなると、ゲオルギス枢機卿《すうききょう》領から生還した隠密がいないのも納得がいくな。

「それで、これからどうするんだ？」

領地の中を歩きながら、俺はアルファにそう尋ねる。

こいつの任務は、俺を補佐することらしいが……このレベルの奴《やつ》では、残念ながら潜入捜査本番には役に立たない。

だが……道中では役に立つかもしれない。

俺はこの世界の常識に疎《うと》いので、普通の情報集めなどには向いていないのだ。

警戒区域はともかく、ゲオルギス枢機卿領の手前では使えるかもしれない。

「そうだな……君がよければ、ついていかせてほしい」

「……潜入の本番は、俺一人でやるぞ？」

「そこに関しては異論ないよ。……正直、さっきまでの尾行では気付かれるつもりなんて全くなかったんだ。……あれを見つけられる奴に今の僕がついていっても、足手まといになるだけだ」

そう言ってアルファは、俺の後ろを歩き始めた。

なんというか……雑用係ゲットといったところか。

◇

それから数時間後。

俺は、ゲオルギス枢機卿領に進む道を歩きながら、すでに調べてある情報について聞いていた。

「ゲオルギス枢機卿領に送り込まれてるのって、どんな奴隷なんだ？」

この世界の奴隷には、いくつか種類がある。

主な種類としては、借金を返せなかったため奴隷になった『借金奴隷』と犯罪を犯して奴隷にされた『犯罪奴隷』の二種類があるが……その中でも借金の額や罪の重さによって、扱いが違うらしい。

こういう、一見役に立たないような情報でも、意外なところで役に立ったりすることがある。

そういう情報を聞きたいなら、隠密が一番だ。

「時期によって違うな。最初の頃《ころ》は安めの借金奴隷から重度の犯罪奴隷までいたが、最近は犯罪奴隷ばっかりだ」

「やっぱり、死亡率のせいか？」

「ああ。あそこの鉱山に送られた奴隷の『死亡率』は異常だったからな。死刑か奴隷かで奴隷を選んだような、超重犯罪者しかいないはずだ。……まあ、最低3人くらいは殺してる連中だな」

なるほど……死亡率が高い場所には、凶悪犯ばかり送り込まれるのか。
なかなかよくできているんだな。

「そんな奴隷でも、殺せば犯罪になるんだな」

「ああ。どんな犯罪奴隷であっても、殺すのは犯罪だ。……奴隷になる代わりに、命令に従っている限りは命が保証される。奴隷ってのはそういう契約だからな」

なるほど。
どうやら生《い》け贄《にえ》に捧《ささ》げられる奴が重犯罪者なのを理由に、ゲオルギス枢機卿が無罪になる可能性はなさそうだ。

奴隷を殺すのは犯罪だと聞いていたが……こういう情報は、しっかりと確認しておくのが大事だからな。

確認をおろそかにして、いざ撮影した後で枢機卿が無罪になったりしたら、目も当てられないし。

生け贄に捧げられるのが重犯罪者なら、心置きなく撮影ができそうだ。

そんな話をしながら、俺達はゲオルギス枢機卿領に向かって進んでいった。

◇

「あと30分くらいで着くはずだ」

アルファの案内のおかげで、移動はスムーズだった。

腕利《うでき》きの隠密だけあってアルファは、非常に道に詳しかったのだ。

ミーリアの道案内は『険しいが、とにかく速い最短ルート』を選ぶ感じだったが……アルファは逆に街道などをうまく使った『安全で、それなりに速いルート』を通っている印象だ。

その上アルファは人通りも適度に多い場所ばかりを使うため、余所者《よそもの》が移動していても怪しまれることがない。

まさしく、隠密向けの移動テクニックといった印象だ。


そう考えつつ進んでいくと……行く手に巨大な門が見えてきた。

ゲオルギス枢機卿領には、７つもの街があるが……あれはその中でも最北端に位置する街、ゲオノンの外門だ。

あの門をくぐると、いよいよ敵地という訳だ。


そんな外門を見た瞬間、アルファの表情が曇《くも》った。

それと同時に、アルファの足取りがわずかに重くなり始める。

ゲオルギス枢機卿領が隠密たちに恐れられているという話は聞いていたが……どうやら、アルファも例外ではないようだな。


「……大丈夫か？」

門の付近に、魔法的な警戒設備は見当たらない。

このあたりは一般人が多いため、たとえ魔法で人間を探したところで、そいつが怪しいかどうか分からないからだろう。

ゲオルギス枢機卿領も、機密エリアに近付かなければ、大して警備が厳しい訳ではないようだ。

「俺は伯爵から受けた依頼を遂行する。この命は、伯爵に救われたものだからな。伯爵のために捨てられるなら本望だ」

アルファは引《ひ》き攣《つ》った表情で……だが、決意に満ちた声でそう答えた。

ここまで来る道の途中で、メイギス伯爵がアルファの命の恩人だという話は聞いていたが……どうやらアルファは、本当に決死の覚悟でここに来たようだ。

そんなアルファに、俺は告げた。

「いや、命を捨てる必要はない。帰っていいぞ」

「……え？」

俺の言葉を聞いてアルファは、拍子抜けしたような顔をする。

ここで殉職《じゅんしょく》する覚悟を決めてきたというのに、途中で帰れと言われたのでは、驚くのも無理はない。

「俺に情報を教えて、ここまで迅速に連れてきてくれただけで十分だ。あとは俺が一人でやる」

「……いいのか？」

僅《わず》かな期待と困惑をにじませながら、アルファがそう尋ねる。

アルファも本当は、死にたくなどないのだろう。

そんなアルファに俺はもう一度告げる。

「ああ。潜入調査は少数精鋭が基本だからな」

「……分かった。ありがとう」

そう行ってアルファは、元来た道を戻っていった。

ちなみに俺は、別にアルファに慈悲をかけたわけではない。

単に足手まといだから、帰ってもらったのだ。

ここに来るまで、アルファはとても役に立ったが……ここから先は、魔力の隠蔽《いんぺい》もできない奴を連れていっても見つかりやすくなるだけだからな。

最初からこのあたりで別れるつもりで、俺はアルファから聞けるだけの情報を聞き出していた。

「さて、行くか」

俺はアルファを見送ると、ゲオルギス枢機卿領に向かって歩き始めた。

◇

ちょうど日が暮れ、あたりが暗くなってきた頃。

俺はゲオルギス枢機卿領の中では東寄りにある、ゲオムイースという街へと来ていた。

アルファによると、ゲオルギス枢機卿領の中でも、このゲオムイースは奴隷の輸入量が突出して多かったらしい。

死者が多発していることになっている鉱山も、このゲオムイースにある。

そんなゲオムイースの中を歩きながら……俺は心の中で呟《つぶや》いた。

（どうやら、拠点はここで間違いなさそうだな）

この街自体は、普通の街に見える。

実際、住んでいる人々のほとんどは恐らく、一般人だ。

だが……街の一角に、明らかに警備が厳しい倉庫群があった。

ここからでは、中がどうなっているのかは分からないが……一般人とは思えない身のこなしをした人間が、あちこちにたむろしている。

明らかに、一般人に見せかけた、警備員だ。

あの倉庫群が、ゲオルギス枢機卿の秘密設備だということは、まず間違いないだろう。
短絡的な隠密なら、あそこに侵入しようとするだろうが……恐らく、あの倉庫に忍び込んでも意味はない。

（本命は、森の中といったところか）

『血の石の儀式』は、森の中に作った祭壇でしか行えない儀式だ。
祭壇には厳密な様式が定められており、空を塞《ふさ》いではならない、周囲100メートル以内に建物があってはならない、周囲の木を切り倒してはならない……などといった、設置上の制約がある。
儀式で降りる悪霊は非常に神経質なため、不自然な環境を好まないのだ。

となると……あの倉庫群ではまず儀式ができない。
間違いなく、森の中に祭壇があるはずだ。

そう考えながら俺は、街を出て『魔力隠形《おんぎょう》』を発動した。

『魔力隠形』は、自分の姿と魔力をまとめて隠すことができる、非常に便利な魔法だ。
周囲に魔力を放出しないため、魔法を探知するような魔法に引っかかることもない。

だが、デメリットもある。
『魔力隠形』は、周囲に魔力を放出しない代わりに、非常にデリケートな隠蔽魔法なのだ。

そのため魔法を使ったり、素早く動いたりすると、簡単に魔法が解けてしまう。
ゆっくり移動するだけでも、隠蔽の強度が落ちる。
そのため、敵の警戒網を突破する時に『魔力隠形』を使うということは、非常に注意して移動をしなければならないということを意味する。

（さて……どっちかな）

俺は『魔力隠形』の強度を落とさないように気を付けながら、森の中を歩き回る。
とはいえ、すでに祭壇がある場所の見当は、なんとなくついている。

というのも、祭壇は機密設備なので、一般人が簡単には迷い込まない場所に作ってあるからだ。

さらに、周囲に気付かれないように奴隷を運ぶ必要があるため、通り道に街道などがあってはならない。

街の近くの森で、これらの条件を満たす場所となると、かなり数が限られるのだ。

こうして、疑わしい場所に向かって歩いていくと……。


（魔力探知棒か……）


森の中に、１本の棒が立っていた。

棒の先には、魔法を付与された魔石がはまっている。

『魔力探知棒』――簡易的な『マジック・サーチ』が仕込まれた魔道具だ。

これの周囲に人が近付くと魔力を感知し、けたたましい音を立てて周囲に知らせる。

今は『魔力隠形』を使っているため、探知には引っかからなかったが……そうでなければ、潜入がバレていたところだ。

この魔法は、ギルドなどが公式に出しているスキルのリストには存在しない。

つまり『絶望の箱庭』など、『一般的ではない技術』を知る者が仕掛けたということだ。


こういう罠《わな》が存在するということは、ここが警戒範囲で間違いはないだろう。

そう考えつつ俺は、夜の暗闇《くらやみ》の中を進んでいく。


しばらく進むと、今度は警備員が現れた。

見た目はただの冒険者に見えるが……目つきが違う。

あれは獲物を探している目つきではなく、周囲を警戒している目つきだ。


警備員はどうやら、30人くらいいるようだな。

『魔力隠形』のおかげで、誰もこちらには気付いていないようだが……かなりの厳戒態勢だ。


(この時間でも、警備は厳しいのか)

『血の石の儀式』は、日没の時にしか行えない儀式だ。

そのため、今は祭壇を使っていないはずなのだが……にもかかわらず、祭壇のある場所はしっかりと警備されている。

恐らく、儀式直前や儀式中の警備網は、こんなものではないのだろうが。


さらに……。

(これは、隠密が生き残れないのも仕方ないな……)


心の中でそう呟いて俺は、森の中に立っていた棒を眺める。

先端に魔石がはまっていて、『魔力探知棒』に似た外見だが……別物だ。

これは『魔法探知棒』。あらかじめ設定した魔法を感知すると、たとえそれが数キロ離れた場所であったとしても、即座に場所を特定する魔道具だ。

設定されている魔法は恐らく、姿を見えなくする『姿隠し』あたりだろう。

『姿隠し』は『魔力隠形』に比べて安定しており、素早い移動や軽い魔法の使用にも耐えられる。

その代わりに魔力を消費するため、こういった品によって簡単に見つかってしまうのだ。

この世界では『魔力隠形』という魔法が知られていないため、隠密はまず確実に『姿隠し』を使う。

その瞬間、この『魔法探知棒』が反応するという訳だ。

……敵ながら、よくできた警備システムだな。


そう考えつつ俺は、魔道具や警備員の隙《すき》を縫って、1分あたり数メートルというごく遅いペースで進んでいく。

これだけの警戒網の中を抜けるとなると、ほんのわずかな『魔力隠形』の緩《ゆる》みでも見つかりかねない。

そして……ごくゆっくり移動すること、1時間ほど後。


(見つけた)


俺はついに、目当てのものを見つけた。

厳重に警備された森の中に鎮座する、黒い祭壇。

あれこそ『血の石の儀式』の祭壇だ。

あとは、あの祭壇に奴隷が持ち込まれて、儀式が行われるのを待てばいいだけだ。

今は夜中の1時頃。儀式が行われる日没は18時ごろなので……あと17時間後だな。


俺はそう考えながら……その場に座った。

そして体が動かないよう、脚を座禅の形に組む。

さらに呼吸のペースを、息が詰まらないギリギリまで落とした。


もちろん、疲れたから休もうという訳ではない。

この体を全く動かさない姿勢こそ、『魔力隠形』の力を最大限に生かすために必要なことなのだ。


(あと17時間か……結構長いな)


儀式に向けて警備が強化される祭壇に忍び込むのは、現実的ではない。

たとえ『魔力隠形』を使い、極《きわ》めてゆっくり移動したとしても、移動の際に起こる『魔力隠形』のゆらぎを見破られてしまうからだ。

だから俺は、比較的警備の薄い夜中に潜入することを選んだ。

そして連中が儀式を行うまで、ずっとここに潜み続ける。

普通の魔法では不可能だが……魔力をほとんど消費しない『魔力隠形』なら、17時間を耐えきるのも不可能ではない。

『魔力隠形』は、賢者にとって基本的な魔法だが……使い方次第で、その効果は天と地ほど変わる。

ただ派手な魔法をぶちかますだけでなく、普通の魔法を生かしきることも、賢者に必要な技術なのだ。

第九章

09

The Invincible Sage in the second world.

同じ姿勢を維持し続け、時間の感覚すらなくなってきた頃《ころ》。

周囲の森に、ようやく動きがあった。

「これより儀式の準備に入る！　警備状況を報告せよ！」

「第一エリア、異常なし！」

「第二エリア、異常なし！」

「魔法探知棒、異常なし！」

大勢の警備員達が、状況を報告する。

どうやら俺《おれ》が潜入していることはバレていないようだ。

太陽はすでに、沈み始めている。

日没まではあと30分もないはずだ。

恐らく、奴隷を運び込んでから儀式までの時間を減らすために、ギリギリの時間で準備をしているのだろう。


「状況に異常はなし。これより最終確認を行う！」

「「「了解！」」」


そう言って警備員たちは、周囲の状況を確認し始めた。

木の根元から小さな茂みの陰まで、およそ人が隠れられそうな場所は全《すべ》てのぞき込み、人がいないことを確認している。

動員されている警備員は、恐らく100人近い。

その警備員の中に――明らかに格が違う者が何人かいた。

身のこなし、いつどこから敵が出てきても、即座に動ける体勢……。

ひと目見ただけで、他《ほか》の警備員とは実力が違いすぎることが分かる。

着ている服のせいで刺青は見えないが……恐らく『絶望の箱庭』のメンバーだろう。

魔法探知棒などの魔道具も、彼らが管理しているようだ。

そう考えていると、１人の男が俺のほうに向けて歩いてきた。『絶望の箱庭』のメンバーだ。

それを見て俺は、座禅を組んだ姿勢のまま呼吸を止める。

体の動きが小さくなるほど『魔力隠形《おんぎょう》』の効果は上がる。

この姿勢なら、目視や魔法で見つかるはずがないのだが――流石《さすが》に、直接的に接触されてはお手上げだ。

そして、警備員が真《ま》っ直《す》ぐ歩いてくれれば、彼は俺につまずくことになる。

俺は警備員が途中でルートを変えてくれることを祈りつつ、俺は姿勢を維持する。

だが……警備員はルートを変えることなく、真っ直ぐ進んでくる。

まるで俺の存在に気がついてでもいるようだ。

そして、距離が残り30センチを切ったところで――。

「……異常なしか」

警備員近くの茂みの裏をのぞき込み、来た道を引き返していった。

(ギリギリセーフか……)

警備員が引き返したのは、偶然ではない。
周囲にある茂みの位置などを考えて、たとえ警備員が近くの茂みを確認しに来ても、絶対に通り道にならない場所を選んだのだ。

とはいえ、今のはかなり危なかったな。
俺が選んだ『通り道にならない場所』というのは、相手が最短ルートで侵入者を探すために、効率的に動けばの話だ。
もし警備員たちが適当に気分で歩いたりしている場合、森の中に安全地帯など存在しない。
その点、俺の近くの茂みを見に来たのが『絶望の箱庭』だったのは、幸運だったと言うべきか。

一般の警備員なら、もっと非効率な——俺がいる場所を通るルートを選んでいたかもしれない。

そう考えていると、男の声が聞こえた。

「状況確認は完了。異常なしだ。……配置についてくれ」

「「「はい！」」」

そう言って警備の男たちは、祭壇の周囲を取り囲むように警戒網を作り、周囲を警戒し始めた。

警戒網はかなり広めに展開されている。祭壇の位置からでは、警戒網の端が見えないくらいだ。

逆に言えばこれは、警戒網より外からでは祭壇が見えないということでもある。

恐らく、警戒網の外から状況を撮影されて、そのまま逃げられるのを警戒しているということだろう。

などと考察していると……一人の神官が、祭壇の前へとやってきた。
神官は2メートル近い大男で、全身を黒い布で隠している。
顔も同じく布で覆《おお》われており、表情は窺《うかが》えない。

「生《い》け贄《にえ》をここに」

神官は祭壇の前に座ると、近くにいた別の男にそう告げた。

「承知いたしました」

命令を受けた男はそう言って、森の中へと消えていった。
そして少しすると、縄に縛られた男が運ばれてくる。
体中に傷のある、凶悪な顔つきをした男だ。
あれが、今日の儀式の生け贄にされる犯罪奴隷のようだな。

「おい、何をするつもりだ！　俺はバルザスで１００人以上の騎士どもをぶっ殺した大盗賊、ゲルギアル様だぞ！　あんまり調子に乗ってると――」

男は直前まで暴行を受けていたのか、顔から血を流しているが――まだ元気があるらしく、縄から逃れようと暴《あば》れているようだ。

神官はそんな男に目線すら向けず、ただ呟《つぶや》いた。

「黙らせろ」

「はい」

神官の命令を聞いて、警備員はこん棒で奴隷の後頭部を殴打《おうだ》した。

鈍い音とともに、奴隷が倒れる。

「くそ、いてえじゃねえか――」

倒れた姿勢のまま文句をつける奴隷を、警備員は幾度もこん棒で殴りつける。

すると5回ほど殴ったところで、奴隷は口を利《き》かなくなった。
明らかに致命傷だが……すぐに生け贄に捧《ささ》げるのだから、『今』生きてさえいればいいということなのだろう。

「地に巣くう悪霊よ。血の石を授《さず》ける聖なる魂よ――」

動かなくなった奴隷が祭壇の上に置かれ、神官が長い呪文《じゅもん》を捧げ始めた。
太陽は、もうほとんど暮れかかっている。

（さて……そろそろか）

俺は心の中でそう呟きながら、膝《ひざ》の上に置いた撮影用魔道具に手をかけた。
あとは証拠となるような瞬間を見計らって、魔道具を起動すればいいだけだ。

そして――太陽が地平線に沈んだ頃。
呪文の最後の一文が読み上げられた。

「悪霊よ、我らが生け贄と引き換えに、血の石を授けたまえ――」

その言葉とともに、空からどす黒い雲のようなものが降りてきた。
雲は真っ直ぐ祭壇へと降り、捧げられた奴隷へと入っていく。
次の瞬間――周囲の地面から一斉に、ブラドンナ草が芽吹き始めた。

(今だ)

この瞬間こそ『血の石の儀式』の動かぬ証拠だ。
俺は魔道具にわずかな魔力を流し込み、撮影用の魔道具を起動する。
すると魔道具が一瞬で起動し、周囲３６０度の景色を記録した。

――そして、わずか1秒後。
けたたましい警報とともに、祭壇の近くにあった魔法探知棒が光り始めた。
魔法探知棒から発された光が、俺を照らし出している。
どうやら魔法探知棒の中に、撮影用魔道具を探知するものがあったようだ。

いくら『魔力隠形』を使っていても、魔道具を発動した位置までバレてしまっては、見つからないわけがない。

「魔力探知棒に反応！　証拠撮影用の魔道具です！」

「捕らえろ！　侵入者だ！」

「姿は見えないが、魔力探知棒の反応位置を参考に取り囲め！　絶対に逃がすな！」

「結界魔法、発動します！」

監視網の男たちが一斉に動き、俺がいる場所を包囲し始めた。

『魔力隠形』のおかげで姿までは見つかっていないようだが……『絶望の箱庭』の連中は、まるで俺が見えているかのような指示を出して、包囲網を作り上げる。

空には結界が張られ、空路での脱出も封じられた。

（まあ、そりゃ当然か。一番警戒すべきなのが、この撮影用魔道具だしな）

そう考えつつ俺は、状況を確認する。

空には幾重にも結界が張られ、破壊しての脱出は困難。

地上は100名近い警備員に包囲され、脱出できるようなルートは存在しない。

地下から逃げようにも、のんきに穴を掘るような余裕がある状況ではない。

どう考えても、逃げ道がないな。

だが——撮影の瞬間に俺の存在がバレるのは、想定通りだ。

俺が今まで大人しく潜伏していたのは、敵に儀式を行わせたうえで、その様子を撮影するためだ。

儀式の撮影に成功した以上、もう大人しくしていてやる義理はない。

敵はいい感じに密集してくれている。実に吹き飛ばしやすそうだな。

今まで大人しくしていたぶん、存分に暴れさせてもらうとしよう。

さて——派手にいくとするか。

あとがき

はじめましての人ははじめまして。３巻や他シリーズからの人はこんにちは。進行諸島《しんこうしょとう》です。

４巻で本シリーズを初めて手に取るという方もいらっしゃると思うので、まずはシリーズ紹介から入らせてください。

本作品は、異世界に転生した主人公が、ＶＲＭＭＯで得た知識と経験で暴れまわるシリーズとなっております。

４巻でも当然、シリーズの軸はブレません。主人公無双です。
むしろ３巻まで以上に、無双して暴れ回ります！
戦闘でも生産でも『それ以外』でも、圧倒的な力を見せつけます！

さて、３巻はあとがきが少し長めなので、設定解説を入れようと思います。
今回は、スキルレベルについてです。
一部、前巻までの中身に関するネタバレが含まれますので、まだ読んでいないという方は先に読んで頂くことをお勧めします。

ＢＢＯおよび本作異世界のスキルは、１レベルが非常に重い仕様です。

単純にレベルを上げてスキルポイントを振ればいい……というものではなく、専用のアイテムが必要になったり、特殊な儀式が必要になったりします。

作中では、『スチーム・エクスプロージョン』のレベル２は、専用のアイテムが必要になるタイプでした。

スキルのレベルが上がるに従って、レベル上げの難易度も上がっていきます。

初めは『英知の石』くらいで済んでいたのが、そのうち『膨大な量の激レア素材を使って作った祭壇に、レイドボスを捧げる儀式』になったりします。

そのぶん、見返りも大きいです。

スキルレベルが１個上がるだけで、平気で威力が数倍に上がります。

威力向上だけではなく、効果自体が劇的に変化して別物のようになるスキルも珍しくありません。

レベル1ではゴミ扱いだったスキルが、レベル4まで上がる段階だとチート級の必須スキルになっていたりとか。

主人公のスキルが、そのような進化を遂げていくのかは……シリーズが進むにつれて、徐々に明らかになっていく予定です。

お楽しみに！

……と解説しているうちにページ数がいい感じになってきたので、謝辞《しゃじ》に入りたいと思います。

書き下ろしや改稿などについて、的確なアドバイスをくださった担当編集の方々。

素晴らしい挿絵を描いてくださった、柴乃櫂人《しばのかいと》さん。

それ以外の立場から、この本に関わってくださっている全ての方々。

そして、この本を手に取ってくださっている、読者の皆様。

この本を出すことができるのは、皆様のおかげです。ありがとうございます。

5巻も、さらに面白いもの（シリーズ中でも屈指の、圧倒的な無双になる予定です）をお送りすべく鋭意製作中ですので、楽しみにお待ちください！

最後に宣伝を。

今月は私の別作品『異世界転生で賢者になって冒険者生活』の3巻も発売されています。

こちらも最強主人公が、異世界で暴れまわるシリーズとなっています。

気になっていただけた方は、『冒険者生活』のほうもよろしくお願いいたします！


それでは、次巻でまた皆さんにお会いできることを祈って、あとがきとさせていただきます。

進行諸島

GAノベル

異世界賢者の転生無双4
～ゲームの知識で異世界最強～

2020年2月29日　初版第一刷発行

著者　進行諸島
発行人　小川 淳
発行所　SBクリエイティブ株式会社
〒106-0032　東京都港区六本木2-4-5
03-5549-1201　03-5549-1167（編集）

装丁　AFTERGLOW
印刷・製本　中央精版印刷株式会社

ISBN978-4-8156-0451-6
Printed in Japan

ファンレター、作品のご感想をお待ちしております。
〒106-0032　東京都港区六本木 2-4-5
SBクリエイティブ株式会社
GA文庫編集部 気付

「進行諸島先生」係
「柴乃櫂人先生」係

本書に関するご意見・ご感想は
下のQRコードよりお寄せください。
※アクセスの際に発生する通信費等はご負担ください。

https://ga.sbcr.jp/

コミカライズ版
『異世界賢者の転生無双』
マンガUP!にて
大好評連載中!!!
コミックス
第①巻
大好評発売中!!
(スクウェア・エニックス刊)
異世界賢者の転生無双 1
〜ゲームの知識で異世界最強〜
原作 進行諸島
(GAノベル/SBクリエイティブ刊)
作画 三十三十
キャラクター原案 柴乃櫂人
イラスト:三十三十
キャラクター原案:柴乃櫂人
©shinkoshoto / SB Creative corp.

試読版は
こちら!

転生賢者の異世界ライフ4
～第二の職業を得て、世界最強になりました～
著：進行諸島　画：風花風花

GAノベル

スライムを100匹以上もテイムし、さまざまな魔法を覚えて圧倒的スキルを身につけたユージは、弱っていた森の精霊ドライアドや魔物の大発生した街を救い、果ては神話級のドラゴンまで倒すことに成功。異世界最強の賢者に成り上がっていく。

一方、「救済の蒼月」の手で雪に閉ざされた街リクアルドを解放したユージは、今回スライムやプラウドウルフに防具を装備させるため、腕きき職人がいるというボギニアに向かう。

だが、装備を作るには大量のドラゴンを斃す必要があるほか、ここでも街を壊滅させるべく「救済の蒼月」が暗躍していて――!?